ELIZABETH CHANDLER

Le Baiser de L'Ange

TOME 3

Traduit de l'anglais (États-Unis)
par Catherine Guillet

hachette

Photo de couverture : © Getty Images

L'édition originale de cet ouvrage a paru en langue anglaise
chez Simon Pulse, an imprint of Simon and Schuster, New York,
sous le titre :

SOULMATES

Hachette Livre, 43 quai de Grenelle, 75015 Paris.

Chapitre 1

La tête haute, sa chevelure blonde et bouclée en halo autour de son visage, Ivy referma la porte de la conseillère principale d'éducation et s'éloigna dans le couloir en direction des casiers. Plusieurs garçons de l'équipe de natation se retournèrent sur son passage. Ivy s'obligea à les regarder droit dans les yeux d'un air assuré. Le pantalon et le haut qu'elle portait en cette rentrée des classes avaient été choisis pour elle par Suzanne, son amie d'enfance et experte en conseil vestimentaire. « Dommage qu'elle ne m'ait pas suggéré un sac assorti derrière lequel me cacher », songea Ivy. Elle arrivait à la hauteur du panneau d'affichage réservé aux terminales. Plusieurs élèves se tenaient là. Dès qu'ils l'aperçurent, des murmures s'élevèrent, accompagnés de hochements de tête dans sa direction. Elle aurait dû s'en douter.

Il était évident qu'on se retournerait sur toute personne ayant fait l'objet des attentions de Tristan Carruthers.

Évident qu'on chuchoterait au sujet de toute personne présente le soir où il était mort. Et évident également qu'on montrerait du doigt toute personne ayant tenté de se suicider parce qu'elle n'arrivait pas à se remettre de sa disparition. Bien sûr. On en parlerait à voix basse et on l'étudierait de très, très près. Que disait-on d'elle ? Que, le cœur brisé, Ivy avait avalé des cachets avant d'essayer de se jeter sous un train.

Ivy, elle, n'avait pour seuls souvenirs que son chagrin, l'interminable été qui avait suivi l'accident, et le cauchemar à répétition dans lequel un daim s'écrasait sur le pare-brise de la voiture. Trois semaines plus tôt, ce cauchemar l'avait de nouveau réveillée en sursaut et elle avait hurlé. Elle se rappelait seulement que Gregory, son presque-frère, était venu la réconforter, puis qu'elle s'était rendormie en regardant la photo de Tristan, celle où il était vêtu de sa vieille veste d'école et coiffé d'une casquette de base-ball avec la visière à l'envers. C'était sa préférée, mais, depuis lors, elle la hantait. Elle avait commencé de l'obséder avant même qu'Ivy n'entende l'étrange rapport que son petit frère avait fait de cette nuit-là.

La déclaration de Philip selon laquelle un ange avait sauvé Ivy n'avait convaincu ni les membres de la famille, ni la police que le geste de sa sœur n'avait pas été une tentative de suicide. En outre, comment Ivy aurait-elle pu nier avoir pris de la drogue alors que les tests sanguins effectués à l'hôpital en avaient révélé la présence ? Comment aurait-elle pu mettre en doute la parole du cheminot qui avait assuré à la police qu'il n'aurait pas pu arrêter son train à temps ?

Une petite voix tremblante interrompit Ivy dans ses pensées :

— Froussards, froussards, froussards... Où sont les froussards ? Froussards, froussards...

Dissimulé dans l'ombre du renfoncement derrière l'escalier, le propriétaire de la voix s'adressait à Ivy. Cette dernière l'avait reconnu. C'était le meilleur ami de Gregory, Eric Ghent. Elle poursuivit sa route.

— Froussards, froussards, froussards...

Comme elle ne répondait pas, Eric émergea de sa cachette, tel un squelette surgissant brusquement de sa tombe. Ses cheveux blonds très fins retombaient en mèches éparses sur son front dégagé, et ses yeux ressemblaient à des billes bleu pâle enfoncées profondément dans des orbites osseuses. Ivy n'avait pas vu Eric depuis trois semaines ; elle soupçonnait Gregory de l'avoir tenu à distance pour la protéger de ses railleries.

Eric se hâta de la rattraper pour se planter devant elle.

— Pourquoi tu ne l'as pas fait ? demanda-t-il à Ivy. Tu t'es dégonflée ? Pourquoi tu ne t'es pas tuée ?

— Déçu ? lui rétorqua Ivy.

— Froussarde, froussarde, froussarde... murmura-t-il d'un ton persifleur.

— Laisse-moi tranquille, Eric, lança Ivy en le contournant pour reprendre sa marche d'un pas vif.

— Oh ! non, plus maintenant, lui répondit Eric en refermant ses longs doigts effilés sur le poignet d'Ivy. Tu ne peux pas me laisser tomber. Toi et moi avons trop de choses en commun.

— On n'a rien du tout en commun, se défendit Ivy en se libérant de son emprise.

— Gregory... chuchota Eric en tapotant son pouce. La drogue... reprit-il en poursuivant l'énumération sur ses doigts. Et on est tous les deux champions au jeu du froussard, ajouta-t-il en remuant son majeur. On est pareils maintenant.

Ivy continua d'avancer comme si de rien n'était, bien qu'elle ait envie de courir. Eric la suivit de sa démarche sautillante.

— Allez, susurra-t-il, raconte à ton copain. Qu'est-ce qui t'a poussée à faire ça ? À quoi tu as pensé en voyant ce train foncer vers toi ? Tu planais ? C'était quel genre de *trip* ?

Les questions d'Eric tourmentaient Ivy. Il lui semblait impossible qu'elle ait pu essayer de se jeter sous un train de son plein gré. Certes, elle avait perdu celui qu'elle aimait, mais beaucoup de personnes comptaient encore énormément dans sa vie – Philip, sa mère, Suzanne et Beth, et Gregory, qui veillait si bien sur elle depuis l'accident. Gregory avait souffert aussi, car sa mère s'était tuée un mois avant la mort de Tristan. Ivy avait été témoin de la douleur et de la colère que ce suicide avait provoquées en lui et elle ne s'imaginait tout simplement pas capable de commettre le même acte.

Pourtant, tout le monde affirmait le contraire. Gregory y compris.

— Combien de fois va-t-il falloir que je te le répète ? répondit Ivy. Je n'ai aucun souvenir de cette nuit-là. Aucun.

— Ça te reviendra, lui dit Eric avec un petit rire silencieux. Tôt ou tard, ça te reviendra.

Là-dessus, il s'éloigna, avant de se retourner, tel un caniche hésitant à aller plus loin. Feignant de ne pas remarquer les regards curieux, Ivy poursuivit son chemin. Elle aurait bien aimé que l'entretien d'orientation auquel Suzanne Goldstein et Beth Van Dyke avaient été convoquées soit terminé, mais elle ne voyait ni l'une ni l'autre.

Toutefois, Ivy n'eut aucun mal à trouver l'emplacement de leurs nouveaux casiers. Suzanne avait aspergé le sien de son parfum préféré. Les effluves qui en émanaient guidèrent Ivy jusqu'au bon endroit, comme ils avaient déjà guidé tous les garçons désireux de laisser un mot à Suzanne. Récemment, celle-ci avait fait trois nouvelles conquêtes, mais Beth et Ivy savaient que c'était pour attiser la jalousie de Gregory.

Un morceau de papier dépassait du casier de Beth, qui s'avéra être situé près de celui d'Ivy. Il était peu probable que ce soit le message d'un bel admirateur. Il paraissait plus vraisemblable que Beth ait refermé la porte sur l'une des innombrables pages de cahier qu'elle recouvrait d'histoires d'amour sulfureuses.

Devant son propre casier, dans lequel elle désirait déposer ses nouveaux livres, Ivy s'accroupit pour composer son code et ouvrit. Elle étouffa une exclamation. Collée à l'intérieur de la porte se trouvait une photographie de Tristan, celle qui hantait Ivy depuis trois semaines. Pendant un moment, elle eut peine à respirer normalement. Comment cette photo était-elle arrivée là ?

Frénétiquement, Ivy passa en revue toutes ses activités de la matinée : appel dans la salle de cours du professeur principal, assemblée générale, visite à la boutique du lycée et entretien avec sa conseillère d'éducation. Elle se remémora une seconde fois sa matinée, sans pouvoir se rappeler avoir collé cette photo sur sa porte. La raison lui faisait-elle de plus en plus défaut ?

Ivy ferma les yeux et s'adossa au casier. « Je suis folle, se dit-elle, je suis folle. »

— Gregory, est-ce que je perds la tête ? avait-elle demandé trois semaines plus tôt à son retour de l'hôpital.

Debout dans sa chambre, elle tenait la photo de Tristan dans ses mains tremblantes. Gregory la lui avait doucement retirée pour la donner à Philip, qui, à neuf ans, avait sauvé sa sœur d'une mort certaine.

— Tu iras mieux bientôt, Ivy. Je suis sûr de ça au moins, avait déclaré Gregory en la faisant asseoir à côté de lui sur le bord du lit avant de lui passer le bras autour des épaules.

— Ce qui signifie que, pour l'instant, je suis folle.

Gregory n'avait pas répondu tout de suite. Lors de ses visites à l'hôpital, Ivy avait remarqué un changement chez lui. Ses cheveux noirs étaient parfaitement coiffés, comme toujours, mais son beau visage s'était recouvert du masque qu'il portait lorsqu'ils avaient fait connaissance, quand ses yeux gris pâle dissimulaient ses pensées les plus profondes.

— Non, il est juste difficile de comprendre, avait-il murmuré avec précaution. Comment savoir ce que tu as pensé ? Sans compter que l'histoire de ton frère ne nous sert pas à grand-chose, avait-il ajouté en jetant un coup d'œil à Philip, qui replaçait la photo de Tristan sur la commode.

Le frère d'Ivy lui avait retourné un regard noir et obstiné.

— Maintenant que tout le monde est parti, tu pourrais peut-être nous raconter ce qui s'est vraiment passé, avait insisté Gregory.

Philip avait levé les yeux vers les deux étagères où avait été posée la collection d'anges avant qu'Ivy ne s'en sépare. C'est lui qui avait récupéré les statuettes. Ivy les lui avait données à la condition qu'il ne lui en parle plus jamais.

— Je te l'ai déjà dit, avait répondu Philip.

— Répète encore une fois, avait murmuré Gregory d'une voix tendue.

— Je t'en prie, Philip, avait imploré Ivy en tendant le bras vers lui. Ça m'aidera.

Avec réticence, Philip avait laissé sa sœur lui prendre la main. Elle savait qu'il en avait assez d'être interrogé, par la police, par les médecins de l'hôpital, par leur mère et par Andrew, le père de Gregory.

— Je dormais, avait commencé Philip. Après ton cauchemar, Gregory m'avait promis qu'il resterait avec toi. Alors, je suis reparti me coucher. Et là, j'ai entendu quelqu'un m'appeler. D'abord, je n'ai pas su qui c'était. Il m'a demandé de me réveiller. Il a ajouté que tu avais besoin de secours.

Philip s'était arrêté, comme si son histoire était terminée.

— Et ? ...

Il avait de nouveau regardé les étagères et avait libéré sa main de celle de sa sœur.

— Continue, l'avait encouragé Ivy.

— Tu vas hurler.

— Non, je te promets que non. Et Gregory non plus, avait ajouté Ivy en mettant ce dernier en garde du regard. Dis-nous simplement ce dont tu te souviens.

— Tu as entendu une voix dans ta tête, c'est ça ? était intervenu Gregory. Une voix qui t'indiquait que ta sœur avait besoin d'aide. La voix ressemblait à celle de Tristan.

— C'était Tristan, l'avait corrigé Philip. C'était l'ange Tristan !

— D'accord, d'accord ! s'était emporté Gregory.

— Cette voix t'a-t-elle prévenu que j'étais en danger ? avait alors demandé Ivy. La voix t'a-t-elle dit où je me trouvais ?

— Tristan m'a ordonné d'enfiler mes chaussures, de descendre et de sortir par la porte de derrière. Ensuite, on a traversé le jardin en courant jusqu'au mur en pierre. Je savais que je n'avais pas le droit de l'enjamber, mais Tristan m'a dit que ça ne poserait pas de problème puisqu'il était avec moi.

À côté d'elle, Ivy avait senti le corps de Gregory se crisper. Elle avait néanmoins encouragé Philip d'un signe de tête.

— Ivy, j'ai vraiment eu peur de descendre la pente. C'était difficile de ne pas tomber, on glissait sur les pierres.

— C'est impossible, l'avait interrompu Gregory d'un ton irrité, quoique perplexe. Un gamin ne peut pas faire ça. Moi-même, je n'y arriverais pas.

— J'avais Tristan avec moi, lui avait rappelé Philip.

— Je ne sais pas comment tu as fait pour arriver jusqu'à la gare, avait repris Gregory, excédé, mais j'en ai assez de cette histoire de Tristan. Je ne veux plus l'entendre !

— Moi, si, avait dit Ivy calmement, alors que Gregory étouffait une exclamation. Continue, Philip.

— Une fois en bas, on s'est retrouvés devant une clôture. J'ai redemandé à Tristan ce qui se passait, mais il m'a juste répété qu'on devait t'aider. Alors, j'ai commencé à escalader le grillage, et puis j'ai fait une bêtise. Comme Tristan est un ange, je croyais qu'on pouvait voler...

Bondissant sur ses pieds, Gregory s'était mis à faire les cent pas dans la chambre.

— ... mais je me trompais, et je suis tombé du haut de la clôture. Elle était haute.

Ivy avait baissé les yeux vers la cheville bandée de son frère. Ses genoux étaient écorchés et couverts de bleus.

— Alors, on a entendu siffler le train. Il fallait qu'on continue. C'est en s'approchant qu'on t'a vue sur le quai. J'ai crié, Ivy, mais tu ne m'as pas entendu. On a monté l'escalier en courant, on a traversé la passerelle, et c'est là qu'on a remarqué l'autre Tristan. Celui avec la casquette et la veste, comme sur ta photo, avait-il murmuré en pointant le doigt vers le cadre sur la commode.

— Si je comprends bien, avait lancé Gregory, l'ange Tristan est maintenant à deux endroits, avec toi, et de l'autre côté des rails, où il essaie d'attirer Ivy vers lui. Ce n'est pas très gentil.

— Tristan était avec moi, avait rétorqué Philip.

— Et qui était sur l'autre quai ?

— Un mauvais ange, avait répliqué Philip sans aucune hésitation. Quelqu'un qui voulait qu'Ivy meure.

Gregory avait cligné les yeux d'étonnement. Quant à Ivy, frémissante, elle s'était effondrée contre la tête de son lit. Si étrange que fût le récit de Philip, il lui semblait plus réaliste que l'idée selon laquelle elle se serait droguée et aurait essayé de se jeter sous un train. En outre, d'une façon ou d'une autre, Philip avait effectivement réussi à atteindre la gare et à retenir sa sœur à la dernière minute. Le conducteur du train avait perçu leurs mouvements indistincts et informé par radio sa cellule d'aide qu'il ne serait pas capable de s'arrêter à temps.

— Je pensais que tu avais vu Tristan, avait repris Philip.

— Quoi ? s'était exclamée Ivy.

— Tu t'es retournée. J'ai cru que tu avais aperçu sa lumière, avait insisté Philip en regardant sa sœur avec des yeux remplis d'espoir.

— Non, je n'ai aucun souvenir de tous ces événements.

Sans doute était-ce mieux ainsi, avait alors conclu Ivy. Si ce n'est que, désormais, chaque fois qu'elle posait les yeux sur la photo de Tristan s'éveillait dans son esprit le picotement d'un sentiment confus. Quelque chose l'empêchait de détourner son regard et d'oublier.

Ivy avait fixé la photo sur la commode et sa vue s'était troublée. Elle avait fini par se rendre compte qu'elle pleurait.

— Ivy… Ivy, non.

Les mots de Suzanne ramenèrent brusquement Ivy à la réalité. Elle redressa la tête, tandis que son amie s'accroupissait à côté d'elle, ses lèvres maquillées de rouge serrées en un trait sombre. Beth, qui était aussi sortie de son entretien d'orientation, se tenait debout devant elle, la main plongée dans son sac à dos à la recherche de mouchoirs en papier. Elle posa sur Ivy des yeux aussi larmoyants que les siens.

— Je vais bien, leur dit Ivy en s'essuyant le visage d'un geste rapide. Je vous assure, insista-t-elle, tout en sachant qu'elles ne la croyaient pas.

Gregory l'avait conduite à l'école ce jour-là et Suzanne

la raccompagnerait. Visiblement, ils ne voulaient pas qu'elle prenne le volant d'une voiture ; ils craignaient sans doute qu'elle n'en perde le contrôle et n'aille s'écraser au fond d'un ravin.

— Tu ne devrais pas laisser cette photo ici, lui suggéra Suzanne. Tôt ou tard, il faudra bien que tu acceptes, Ivy. Tu te...

Suzanne hésita.

— ... rends folle ? finit Ivy.

Suzanne repoussa sa chevelure noire vers l'arrière en la lissant avec ses mains, puis joua avec l'une de ses créoles. Elle n'hésitait jamais à donner son avis, mais, cette fois, elle prit des précautions.

— Ce n'est pas sain, Ivy, finit-elle par déclarer. Cette photo te fera penser à lui chaque fois que tu ouvriras ton casier.

— Ce n'est pas moi qui l'y ai mise, lui répondit Ivy.

— Comment ça ? s'étonna Suzanne en fronçant les sourcils.

— Tu m'as vue le faire ? lui demanda Ivy.

— Non, mais n'oublie pas que... commença Suzanne.

— Je n'oublie pas, non, la coupa Ivy.

Suzanne et Beth échangèrent un regard gêné.

— Quelqu'un d'autre l'a collée ici, reprit Ivy d'un ton bien plus convaincu qu'elle ne l'était en réalité. C'est une photo d'école. N'importe qui a pu se la procurer. Je vous jure que ce n'est pas moi qui l'ai mise ici. C'est donc forcément quelqu'un d'autre.

Il y eut un moment de silence, puis Suzanne soupira. Embarrassée, Beth demanda à Ivy :

— Tu as parlé à Mme Bryce ?

— J'en viens, lui confirma Ivy en refermant son casier sans en retirer la photo.

Elle se redressa et regarda Beth. Malgré les vêtements à la mode que Suzanne avait aussi choisis pour elle en ce jour de rentrée, son visage rond et son plumeau de cheveux méchés la faisaient toujours ressembler à une chouette inquiète.

— Qu'est-ce qu'elle t'a dit ? reprit Beth tandis qu'elles empruntaient le couloir.

— Pas grand-chose. Je dois aller la voir deux fois par semaine, et dès que je ne me sens pas bien. Vous venez, lundi ? ajouta alors Ivy en changeant brusquement de sujet.

Les yeux de Suzanne étincelèrent.

— Au pique-nique des Baines ? C'est une tradition, le jour de la fête du Travail ! s'exclama-t-elle, de toute évidence heureuse de parler enfin d'un événement gai.

Ivy savait que le mois qui venait de s'écouler avait été dur pour Suzanne aussi. Elle s'était montrée si jalouse de l'attention portée par Gregory à Ivy qu'elle avait cessé de parler à cette dernière. Puis, lorsque Gregory lui avait appris qu'Ivy avait tenté de se suicider, elle s'en était voulu d'avoir tourné le dos à son amie d'enfance. De son côté, Ivy se considérait partiellement responsable de leur mésentente. Elle s'était trop rapprochée de Gregory. Étrangement, depuis l'incident à la gare trois semaines auparavant, il avait pris ses distances et traitait désormais Ivy comme une sœur et plus du tout comme une petite amie potentielle. Aussi, Suzanne avait adressé de nouveaux signes d'amitié à Ivy, que le changement d'attitude chez elle et chez Gregory soulageait.

— On va au pique-nique des Baines depuis qu'on est toutes petites, dit Beth à Ivy. Tout Stonehill s'y rend.

— Pour moi, ce sera une première, dit Ivy.

— Pour Will aussi. C'est normal, vous n'êtes arrivés que l'hiver dernier, répondit Beth. Mais je lui en ai parlé, et il y sera.

— Vraiment ? dit Ivy, qui avait remarqué que Beth et Will passaient de plus en plus de temps ensemble. Il est sympa.

— Très sympa ! confirma Beth avec enthousiasme.

Les deux amies s'étudièrent un instant. Beth et Will deviendraient-ils plus que des camarades ? Ivy se le demandait. Peut-être Beth, auteure prolifique d'histoires d'amour, était-elle enfin tombée amoureuse ? Il n'y aurait rien d'étonnant à cela : les filles étaient nombreuses à s'enticher de Will. Ivy elle-même, lorsqu'elle plongeait son regard dans ses yeux d'un marron profond... La jeune fille s'empressa de mettre cette pensée de côté. Elle ne s'autoriserait jamais un nouvel amour.

Les trois amies sortirent du bâtiment et Suzanne entraîna le groupe vers les voitures par un chemin détourné qui avait l'avantage de longer le terrain sur lequel s'entraînait l'équipe de football américain.

— Il faut absolument que je me procure la liste des joueurs, lança Suzanne après plusieurs minutes passées à les observer. Je ne voudrais pas commencer à baver d'admiration sur le numéro quarante-neuf pour découvrir que c'est un première année. Quelle honte ce serait !

— Un beau gosse, c'est un beau gosse, lui répondit Beth avec philosophie. En plus, c'est très à la mode en ce moment pour les femmes d'avoir un amoureux plus jeune qu'elles.

— Ne dites pas à Gregory que je cherche, chuchota Suzanne en aparté tandis qu'elles s'approchaient des voitures.

— Chercher est interdit ? s'enquit Beth innocemment.

— Tout compte fait... dites-lui, dites-lui ! s'exclama Suzanne en ouvrant les bras d'un geste théâtral. Fais-lui savoir, Ivy, que je sors et que la chasse est ouverte.

Ivy se contenta de sourire. Depuis le début de leur relation, Suzanne et Gregory jouaient au chat et à la souris.

— C'est vrai, après tout, pourquoi est-ce que je me limiterais à un seul petit copain ? poursuivit Suzanne.

Ivy savait que celle-ci faisait sa comédie. Gregory occupait chacune des pensées de son amie depuis le mois de mars précédent et elle ne désirait que l'enchaîner à elle.

— Je commencerai au pique-nique des Baines, décréta Suzanne en ouvrant la portière de sa voiture. Beaucoup de couples se forment ce jour-là.

— Tu en prévois combien pour ta personne ? la taquina Ivy.

— Six.

— Parfait, dit Beth. Ça me fera six exemples supplémentaires de cœurs brisés pour mes romans.

— J'accepterai de me limiter à cinq, ajouta alors Suzanne en lançant un regard malicieux à Ivy, si tu en gardes un pour toi et que tu oublies de penser à Tristan.

Comme Ivy ne répondait pas, Suzanne s'assit au volant de sa voiture, ferma la portière et se pencha pour déverrouiller celle du côté passager. Avant qu'Ivy n'ait le temps de poser la main sur la poignée, Beth la lui attrapa et lui confia d'une voix basse et empressée :

— Tu ne peux pas oublier, Ivy. Pas encore. Ce serait dangereux.

Ivy éprouva dans son esprit ce picotement d'un sentiment confus.

Là-dessus, Beth monta vivement dans sa propre voiture et démarra à toute vitesse.

Les sourcils froncés, Suzanne la regarda s'éloigner dans le rétroviseur.

— Qu'est-ce qui lui arrive ? Depuis quelque temps, elle est aussi nerveuse qu'un lapin affolé. Qu'est-ce qu'elle t'a raconté ?

— Elle m'a donné un conseil, répondit Ivy avec un haussement d'épaules.

— Ne me dis pas... qu'elle a eu une autre de ses visions ?

Ivy resta silencieuse.

— Reconnais-le, s'esclaffa Suzanne, Beth est bizarre ! Je ne prends jamais ses « conseils » au sérieux. Tu ne le devrais pas non plus.

— Je ne l'ai pas fait jusqu'à présent, lui répondit Ivy en songeant intérieurement : « Et les deux fois où elle m'en a donné, j'ai regretté de ne pas l'avoir écoutée. »

Chapitre 2

— Ouh, ouh ! Roméo ! Mais où es-tu donc ? Rooo-méé-ooo ! lança Lacey.

Tristan, qui suivait Ivy vers l'escalier central de la maison des Baines, s'arrêta sur le palier et passa la tête par la fenêtre ouverte.

Lacey était plantée au milieu d'un parterre de fleurs, le seul endroit de la propriété d'Andrew Baines à ne pas avoir été envahi par les couvertures et les paniers de ses centaines d'invités. Un *steel-band*[1] antillais s'échauffait sur le patio. Des lampions pendaient aux branches des pins qui entouraient le terrain de tennis ; en dessous étaient disposées des tables réservées aux rafraîchissements.

1. Orchestre composé de *steel-drums*, des « tambours d'acier », également appelés *pans* (casseroles), originaire des Caraïbes. *(N.d.T.)*

Bien avant qu'Andrew ne surprenne tout le monde en épousant Maggie, bien avant la rencontre entre Ivy et Tristan, ce dernier avait eu l'habitude de venir à cette grande fête annuelle. Tristan se rappelait combien, petit garçon, la demeure à bardeaux blancs lui paraissait énorme avec une aile à l'est, une autre à l'ouest, ses doubles cheminées et ses rangées de lourds volets noirs – elle ressemblait aux maisons de la Nouvelle-Angleterre qui décoraient le calendrier de sa mère.

— Laisse tomber ta poupée, Roméo ! reprit Lacey. Tu rates tout. Il y a de l'ambiance dans les buissons.

Tristan était un ange depuis deux mois et demi maintenant, mais il conservait le réflexe de vouloir faire taire Lacey quand elle lui parlait devant quelqu'un. Pourtant, personne ne pouvait entendre leurs conversations d'esprit à esprit, excepté lorsque Lacey décidait de s'exprimer à voix haute, un pouvoir que Tristan n'avait pas encore maîtrisé.

Il lui adressa un sourire en coin, puis se tourna pour reprendre sa marche à côté d'Ivy. C'est alors que celle-ci fit demi-tour, puis s'arrêta, indécise.

Instantanément, Tristan se prit à espérer. « Elle a dû sentir ma présence », songea-t-il.

Mais Ivy passa tout contre lui sans le voir. Elle alla se pencher à la fenêtre et contempla la scène d'un air mélancolique. Tristan la rejoignit tandis que les flambeaux s'allumaient, leurs flammes s'embrasant brusquement dans le crépuscule de fin d'été.

La tête d'Ivy pivota et Tristan suivit sa direction. Son regard tomba sur Will, qui, debout à l'écart, observait la foule des invités. Celui-ci leva soudain les yeux et rencontra ceux d'Ivy. Tristan s'imagina ce qu'il pouvait admirer : deux iris émeraude brillant au centre d'un halo de cheveux blonds à longueur d'épaules.

Ivy fixa Will pendant un moment qui parut durer une éternité, avant de reculer vivement, les mains sur les joues. Tristan s'écarta de la fenêtre aussi rapidement qu'elle. « Prends des photos, Will, ça dure plus longtemps », songea Tristan en descendant l'escalier.

Lacey l'attendait sur le patio, où elle s'amusait à frapper la cymbale du batteur chaque fois que celui-ci tournait le dos. Bien sûr, il ne la voyait pas, pas plus qu'il ne percevait son miroitement mauve que seuls remarquaient ceux qui croyaient aux anges. Lacey fit un clin d'œil à Tristan.

— Je ne suis pas là pour m'amuser, lui dit-il.

— D'accord, mon chou, on s'y met, lui répondit Lacey en le poussant devant elle.

Bien qu'ils puissent se glisser à travers le corps des vivants, ils avaient l'un pour l'autre l'apparence et la consistance d'êtres solides.

— Je veux te montrer quelqu'un qui descend un verre après l'autre à côté du court de tennis, ajouta Lacey.

Or à peine avait-elle annoncé son intention qu'elle fila vers les arbres en haut desquels se trouvait la cabane de Philip et poussa de toutes ses forces la balançoire accrochée là, au moment même où une jeune fille vêtue d'une robe bain de soleil rose s'apprêtait à s'asseoir dessus.

— Lacey, tu as passé l'âge, lui lança Tristan.

— Je ne me calmerai que lorsque, de ton côté, tu auras décidé d'agir comme un ange.

— Je crois que j'en suis déjà un, non ?

Lacey secoua négativement la tête, sans que le moindre de ses cheveux noirs aux reflets magenta se soulève. Ceux de Tristan, épais et courts, ne le faisaient pas davantage lorsqu'il y avait du vent.

— Répète après moi, commanda Lacey d'un ton docte : Ivy respire, Will respire ; moi, non.

— Peut-être, mais elle a tourné la tête vers moi à la gare, se défendit Tristan. J'étais sûr qu'elle avait retrouvé la foi. Quand je l'ai tirée en arrière avec Philip, je suis persuadé qu'elle m'a vu.

— Si c'est le cas, elle a oublié depuis.

— Je dois l'aider à retrouver la mémoire. Beth…

— … est trop tourneboulée pour coopérer, l'interrompit Lacey. Elle a prédit le cambriolage, elle a anticipé l'incident du train. Elle a un certain don, mais elle a trop peur maintenant pour accepter de communiquer.

— Philip, alors.

— Philip ? Oh, je t'en prie ! Combien de temps crois-tu que Gregory va supporter ce gamin qui n'arrête pas de parler de l'ange Tristan ?

Lacey avait raison.

— Ce qui nous laisse Will, poursuivit-elle en marchant à reculons, appelant Tristan de son ongle violet. Commençons par le commencement : quel est ton degré de jalousie ?

Tristan soupira.

— Très élevé, admit-il avec sincérité. Imagine ce que tu ressens pour cette actrice qui a pris ta place dans le film, celle dont tu prétends qu'elle est nulle.

— Elle est nulle, affirma Lacey.

— Multiplie l'intensité de ton sentiment pour elle par mille. Et encore, Will n'est même pas nul. Il serait bien pour Ivy. Or je ne veux que le bien d'Ivy, puisque je l'aime. Je ferais tout pour elle…

— Comme mourir, le coupa Lacey. Si ce n'est que tu as déjà essayé cette solution et regarde où ça t'a mené.

— À passer du temps avec toi, répliqua Tristan avec une grimace.

Lacey lui adressa un large sourire, puis le poussa du coude.

— Vise ça, reprit-elle. À côté de la dame coiffée comme un caniche. Tu le reconnais ?

— C'est l'ami de Caroline, répondit Tristan en observant le grand homme brun. Celui qui met des roses sur sa tombe.

— Il a battu Andrew à plate couture au tennis, et avec un plaisir évident.

— Tu as trouvé son nom ? lui demanda Tristan.

— Tom Stetson. Il enseigne à l'université que dirige Andrew. Je te le dis, qui a besoin de séries à l'eau de rose quand on vit à Stonchill ? Tu crois qu'ils ont eu une liaison secrète longue et torride ? Tu penses qu'Andrew était au courant ? Ouh, ouh, Tristan !

— Je t'écoute, marmonna-t-il, les yeux rivés sur un groupe à cinq ou six mètres d'eux, au sein duquel Ivy, Will et Beth bavardaient.

— Oh, les flèches de l'amour ! chantonna Lacey en prenant une attitude théâtrale que Tristan détestait. Je t'assure, Tristan, cette fille t'a criblé de tellement de trous qu'un jour, tu te plieras comme une tranche de gruyère.

Tristan se renfrogna.

— Ta façon de la regarder avec ces grands yeux de chien battu est pathétique. Elle ne te voit même pas ! J'espère juste qu'un jour...

— Tu veux savoir ce que moi, j'espère ? s'emporta Tristan en pivotant sur ses talons pour faire face à Lacey. J'espère que tu tomberas amoureuse.

Lacey cligna les yeux de surprise.

— J'espère que tu tomberas amoureuse d'un gars qui te transpercera du regard sans te voir.

Lacey détourna les yeux.

— Et j'espère que ça t'arrivera très bientôt, avant que j'aie fini ma mission, poursuivit Tristan. Je veux être là pour avoir le plaisir de te charrier.

Tristan s'attendait à une riposte immédiate, mais Lacey garda la tête tournée vers Ella, la petite chatte d'Ivy, qui les avait suivis dans la foule des invités.

— Il me tarde de voir le jour, reprit Tristan, où Lacey Lovitt tombera amoureuse d'un gars qui sera hors d'atteinte.

— Comment sais-tu que ça ne m'est pas déjà arrivé ? finit par marmonner Lacey avant de s'accroupir pour caresser Ella.

Après deux années passées à repousser la réalisation de sa propre mission, Lacey avait acquis plus d'endurance et de pouvoirs que Tristan. Il savait qu'elle était capable de matérialiser ses doigts pendant bien plus longtemps que lui.

— Viens, Ella, murmura Lacey en parlant à voix haute.

Tristan vit les oreilles de la petite bête se dresser. Elle suivit Lacey vers les tables de rafraîchissements. Tristan leur emboîta le pas. Gregory se tenait là avec Eric, qui essayait de convaincre le barman de lui servir une bière.

Lacey donna une petite tape à Ella, qui sauta sur la

table d'un bond léger sans que les trois garçons la remarquent.

— Un bol de lait, s'il vous plaît.

— Juste une seconde, mademoiselle, répondit le barman en se détournant de Gregory et d'Eric.

Il posa alors des yeux écarquillés sur Ella, qui le regarda en clignant les siens.

— Vous avez entendu ça ? demanda le barman.

— Du lait, et plus vite que ça.

Cette fois, Eric posa sur Ella le même regard médusé que le serveur. Gregory, lui, avait le dos tourné.

— On attend le thé glacé ! lança ce dernier d'un ton impatient.

— Je préfère le lait.

Alors que le serveur se baissait à son niveau, Ella sauta de la table en miaulant. Les sourcils froncés, le barman servit Eric comme Gregory lui avait demandé de le faire. Ce dernier lui adressa un signe de tête et entraîna son ami. Tristan les suivit, tandis qu'ils se faufilaient à travers la foule, puis continuaient leur chemin jusqu'au muret en pierre qui marquait la limite de la propriété.

Loin en contrebas se trouvaient la petite gare et la voie ferrée qui longeait le cours de la rivière. Tristan lui-même avait peine à croire que Philip et lui aient réussi à dévaler cet escarpement. Il était raide, rocailleux, et n'offrait comme points d'appui que d'étroites corniches de pierre et quelques rares broussailles ou arbres nains.

— C'est impossible, grommela Gregory en aparté. Ce gamin ment ; il cache quelque chose. J'aimerais bien savoir s'il a un complice.

— Préviens-moi quand tu auras envie de me parler, lança Eric d'un ton guilleret.

Gregory lui décocha un regard en coin.

— Tu parles souvent tout seul ces derniers temps. C'est aux anges que tu t'adresses ? ajouta Eric avec un sourire narquois.

— Je me fous des anges ! fulmina Gregory.

— D'accord, d'accord ! s'esclaffa Eric. Mais tu devrais peut-être commencer à leur envoyer tes prières. Tu es allé chercher les ennuis, Gregory. De gros ennuis, ajouta Eric, les yeux plissés, le visage soudain sérieux. Et tu m'y entraînes avec toi.

— Pauvre crétin ! Tu t'y entraînes tout seul. Tu planes du matin au soir et tu fais n'importe quoi. Je te repose la question : où sont ces vêtements ?

— Et moi, je te dis encore une fois que je ne les ai pas.

— Je veux cette casquette et cette veste. Tu as intérêt à les retrouver, parce que, si tu ne le fais pas, Jimmy ne verra jamais la couleur de l'argent que tu lui dois. Et tu sais ce que ça signifie… poursuivit Gregory en penchant la tête en arrière. Ces trafiquants deviennent susceptibles quand ils ne récupèrent pas leurs sous.

Les lèvres d'Eric se convulsèrent. Privé d'alcool, il était incapable de tenir tête à Gregory.

— J'en ai assez, geignit-il. Assez de faire le sale boulot pour toi.

Il voulut s'éloigner, mais Gregory le tira violemment en arrière par le bras.

— Mais tu le feras, pas vrai ? murmura-t-il. Et tu ne diras rien à personne, parce que tu as besoin de moi. Tu as besoin de ta dose, pas vrai ?

— Laisse-moi partir, se défendit Eric faiblement. On nous regarde.

Gregory relâcha son emprise pour se tourner. Eric en

profita pour se mettre rapidement hors d'atteinte, avant de lancer :

— Fais gaffe, Gregory ! Je les sens qui nous observent.

Les sourcils arqués, Gregory éclata d'un rire menaçant qui continua de retentir bien après le départ d'Eric.

— C'est un vrai fumier, ce type, déclara Lacey en frissonnant.

Tristan et elle regardèrent Gregory repartir vers les invités en souriant, bavardant avec l'un, puis l'autre.

— Tu as une idée de ce que pourrait être ce sale boulot dont Eric a parlé ? demanda Lacey à Tristan. Refroidir Caroline ? Sectionner les freins de la voiture ? Agresser Ivy dans le bureau d'Andrew ?

Lacey matérialisa ses doigts pour attraper une pierre qu'elle lança de toutes ses forces par-dessus la pente.

— Le problème, reprit-elle, c'est qu'on ne sait même pas si Caroline a été assassinée ni si quelqu'un a touché à tes freins.

— Je vais tenter un nouveau voyage dans la mémoire d'Eric, décida Tristan.

Le deuxième caillou que Lacey avait ramassé lui tomba des mains.

— Tu veux repartir dans son cerveau ? Tu es complètement fou ! Je pensais que ça t'avait servi de leçon la première fois. Ses circuits sont grillés, Tristan, c'est trop dangereux. En plus, ses souvenirs ne te fourniront aucune preuve.

— Les preuves, je les trouverai une fois que j'aurai découvert ce qui se passe, raisonna Tristan.

Lacey secoua la tête d'un air dépité.

— Pour l'instant, poursuivit Tristan, je dois aider Ivy à

se remémorer les détails de ce qui s'est passé à la gare. Il faut que je trouve Will et que je le persuade de m'aider.

— Quel génie tu fais ! persifla Lacey. Je crois que quelqu'un te le suggérait il y a un quart d'heure environ.

Tristan haussa les épaules.

— Et ce quelqu'un va même t'accompagner, reprit Lacey, pour le cas où tu aurais encore besoin de son aide.

— Arrête de plaisanter, Lacey.

— Arrête de promettre, Tristan.

Will dansait avec Beth sur le patio. Assises à côté de Maggie, Ivy et Suzanne suivaient des yeux des camarades de classe qui venaient de s'élancer sur la piste au son du reggae. Aussitôt, Lacey se mêla à eux. Tristan la regarda s'envoler en virevoltant, en se déhanchant, les mains au-dessus de la tête, puis le long des jambes. « Elle est douée », se dit-il. Ella, qui suivait la lumière de Lacey partout, voulut s'approcher et fit trébucher l'un des danseurs, qui tomba sur les fesses à côté d'elle.

— Tu veux danser ?

Les yeux écarquillés rivés sur ce chat qui parlait, le garçon se remit sur pied d'un bond et s'éloigna sans demander son reste.

— Viens, Ella, viens ! appela Maggie.

Suivie par Lacey, la petite chatte se dirigea nonchalamment vers la mère d'Ivy et sauta sur ses genoux. Alors que Maggie s'adossait de nouveau à sa chaise, Lacey reprit la parole :

— Personne ne veut danser avec moi, Maggie.

La mère d'Ivy tourna la chatte vers elle, prit son menton dans sa main parfaitement manucurée, puis l'étudia, les sourcils froncés.

— Vous avez entendu ça, les filles ? demanda-t-elle.

Ni l'une ni l'autre ne lui répondirent. Ivy écoutait patiemment Suzanne, occupée à analyser dans le détail le fonctionnement de chaque couple présent sur le patio.

Tristan laissa Lacey à ses enfantillages et traversa la foule pour rejoindre Beth et Will. Ils dansaient, front contre front, comme deux amoureux, mais Tristan savait ce qui les rapprochait.

— J'ai peur, souffla Beth. Je suis au courant de choses que je ne veux pas connaître. Je les anticipe même, Will. Sans compter que j'écris des phrases qui ne viennent pas de moi.

— Je fais des dessins que je n'avais pas l'intention d'exécuter non plus, lui répondit Will.

— J'aimerais bien que quelqu'un nous explique ce qui se passe. Parce que je suis sûre que ce n'est pas fini. J'ai le pressentiment que la situation est sérieuse et qu'elle va empirer. Je me réveille tous les matins morte de peur, morte de peur pour Ivy. Parfois, j'ai l'impression de devenir folle.

Will la serra contre lui. Tristan jeta un coup d'œil dans la direction d'Ivy et la vit détourner vivement la tête.

— Non, tu n'es pas folle, Beth. Tu as un don qui...

— Je ne veux pas de ce don ! s'exclama-t-elle.

— Chut... chut... murmura Will en passant la main dans les cheveux de Beth pour la réconforter.

— Elle nous regarde, dit Beth. Elle va se faire des idées. Tu ferais bien de l'inviter à danser.

Instantanément, Tristan devina la réaction de Will. Il contempla Ivy et s'imagina en train de la prendre dans ses bras, de l'attirer à lui, de passer les doigts dans sa chevelure soyeuse. Ses pensées se mêlèrent à celles de Will et il se glissa dans son esprit.

Aussitôt, Will s'affaissa contre Beth.

— Ça recommence, murmura-t-il. J'ai horreur de ce sentiment qui revient tout le temps.

« Je dois parler à Ivy », annonça Tristan.

Will proféra ces mots à voix haute.

— Qu'est-ce que tu vas lui dire ? lui demanda Beth.

« Invite Ivy à danser », ordonna Tristan.

L'air dérouté, Will répéta ces paroles comme si c'étaient les siennes.

— C'est à toi de le faire, lui rétorqua Beth.

La mâchoire de Will se serra. Tristan sentit qu'il se débattait, que son instinct lui dictait d'expulser l'intrus logé dans son cerveau, alors que sa curiosité cherchait à l'en dissuader.

« Qui es-tu ? » demanda Will en pensée.

« Tristan. Je suis Tristan. Tu dois me croire maintenant. »

— Non, ce n'est pas possible... marmonna Beth.

Will et elle avaient arrêté de danser et se regardaient, tâchant de comprendre.

— Il est dans ta tête, c'est ça ? s'enquit Beth d'une voix tremblante. Tu parles pour lui ?

Will lui adressa un signe affirmatif.

— Est-ce que tu peux le forcer à sortir ? reprit Beth.

« Ne fais pas ça ! » s'exclama Tristan dans l'esprit de Will.

— Laisse-nous tranquilles ! s'écria Beth.

« Je ne peux pas. Pour le bien d'Ivy, je ne peux pas. »

Résignés, agrippés l'un à l'autre, Will et Beth se dirigèrent vers Ivy.

— Tu veux danser ? lui demanda Will.

Ivy regarda Beth d'un air incertain.

— Je n'en peux plus ! soupira celle-ci en tirant son amie de sa chaise pour prendre sa place. Vas-y. Mes délicats petits petons ont besoin de reposer leur pointure quarante.

Sans parler, Will entraîna Ivy vers la partie la moins encombrée du patio. Tristan le sentit trembler lorsqu'il l'enveloppa de ses bras. Il perçut la maladresse de chacun de ses pas et se rappela son propre embarras lorsque, au printemps précédent, il avait lui-même fait la connaissance d'Ivy. La première fois qu'il avait passé du temps seul avec elle, il s'était montré incapable d'enchaîner plus de quatre mots d'affilée.

— Comment vas-tu ? demanda Will.

— Bien, répondit Ivy.

— Bon.

S'ensuivit un long silence.

« Si tu es encore là, dit Will intérieurement à Tristan, dis-moi ce que je dois faire ! »

— Je ne suis pas si fragile que ça, déclara soudain Ivy.

— Pardon ? bredouilla Will.

— Tu danses comme si tu avais peur que je me casse, se braqua Ivy, ses yeux verts lançant des étincelles.

— Tu es en colère ? s'étonna Will.

— Tu as remarqué ? lui rétorqua Ivy d'un ton sec. J'en ai assez de la réaction des gens. Tout le monde marche sur des œufs autour de moi ! Sur la pointe des pieds, comme s'ils redoutaient de me voir exploser. Eh bien, j'ai une grande nouvelle pour toi, Will, ainsi que pour tous les autres. Je ne suis pas en sucre et je ne suis pas près de fondre. Tu m'entends ?

— Oui, très bien.

Sans préambule, Will la fit tournoyer deux fois sur elle-même, la repoussa à bout de bras, la tira vers lui de nouveau comme un Yo-Yo, puis lui lâcha les mains aussi brusquement qu'il les lui avait prises. Déséquilibrée, Ivy recula de quelques pas en titubant. Will la rattrapa, la colla à lui, la bascula en arrière, puis la redressa.

— Tu préfères ? lui demanda-t-il calmement.

— Oui ! s'esclaffa Ivy en repoussant de son visage des mèches de cheveux qui la gênaient.

Will sourit. Son petit numéro inattendu avait détendu l'atmosphère, et surpris Tristan lui-même. « C'est le moment de parler », songea ce dernier. Mais comment le faire sans réveiller la colère d'Ivy ou l'effrayer ? Il tenta sa chance.

« J'ai quelque chose à te dire », souffla-t-il à Will pour qu'il le répète.

Ivy s'écarta un peu de celui-ci pour l'étudier, avant de détourner rapidement le regard. Tristan eut du mal à contrôler sa jalousie. Comme l'avait dit Lacey, Will avait des yeux dans lesquels les filles se noyaient. Tristan tâcha de se concentrer.

— C'est au sujet de Beth, commença Will pour son compte. Elle ne se sent pas bien, à cause de ces prémonitions qu'elle a eues.

— Ce que je sais, c'est qu'elle s'est inquiétée pour moi il y a quelques semaines, répondit Ivy, alors que ce n'était qu'un...

— Non ! s'empressa de dire Will au nom de Tristan. Beth redoute plus les événements à venir que ce qui s'est passé jusqu'à présent.

— Comment ça ? s'étonna Ivy d'un ton dans lequel

Tristan détecta un léger tremblement. Il ne se passera plus rien, trancha-t-elle. Qu'est-ce que je dois faire pour convaincre tout le monde que je vais bien ?

— Tu dois te souvenir, Ivy.

— Me souvenir de quoi ?

— De la nuit de l'accident.

Will, ne comprenant pas où Tristan voulait en venir, lui demanda intérieurement :

« Quel accident ? Celui où tu as trouvé la mort ? »

— L'accident ? répéta Ivy. Est-ce que c'est une façon polie et discrète de faire référence à ma tentative de suicide ?

— Ivy, qu'est-ce que tu vas chercher ? Tu sais bien que ce n'en était pas une ! répondit Will avec passion en reprenant les mots de Tristan.

— Je ne suis plus sûre de rien, murmura Ivy d'une voix imperceptible.

— Tâche de te souvenir, plaida Will au nom de Tristan. Tu m'as vu à la gare.

— Tu y étais ? s'exclama Ivy.

— Je ne t'ai jamais quittée. Je t'aime !

Bouche bée, Ivy fixa Will avec des yeux ronds. Tristan se rendit compte de son erreur trop tard.

— C'est impossible, bredouilla Ivy.

La gorge de Will se serra.

— Tu devrais trouver quelqu'un d'autre. Je... je ne peux pas t'aimer.

Tristan sentit Will accuser le coup.

— Je n'aimerai plus jamais personne, poursuivit Ivy en reculant. Pas comme j'ai aimé Tristan.

« Dis-lui que c'est moi qui parle », lança Tristan avec ardeur.

Mais Will resta là, immobile, muet. Des couples de danseurs les heurtèrent en riant. Les bras tendus, Will tenait les mains d'Ivy, qui refusait de le regarder. Soudain, elle se détourna, et Will la laissa s'éloigner.

« Suis-la, lui enjoignit Tristan. On n'a pas fini. »

— Laisse-moi tranquille, marmonna Will.

La tête baissée, il partit dans la direction opposée.

Gregory, qui arrivait avec Suzanne sur la piste de danse, saisit Will par le bras.

— Tu ne vas quand même pas laisser tomber ?

— Laisser tomber ? répéta Will d'une voix vide.

— Ivy, précisa Suzanne.

— La chasse, répondit Gregory avec un sourire.

— Je ne crois pas qu'Ivy ait envie qu'on la pourchasse.

— Tu te trompes ! s'exclama Gregory. Ma douce et innocente presque-sœur adore jouer. Et, tu peux me croire, c'est une pro.

« Une pro quand il s'agit de t'échapper », se dit Tristan en se glissant hors de Will.

— À ta place, je n'abandonnerais pas, conclut Gregory en jetant un coup d'œil vers Ivy, qui s'était placée au bord du patio.

Son sourire insistant poussa Suzanne et Will à se tourner vers elle d'un air gêné.

— J'adore les filles difficiles, murmura-t-il. C'est celles que je préfère.

Chapitre 3

— Par conséquent, dit Philip à Ivy le mercredi soir, je peux regarder *Jurassic Park* encore une fois.

— *Par conséquent ?* l'imita Ivy en souriant.

Penchée au-dessus de la main de sa mère, elle passait une seconde couche de vernis sur les ongles de celle-ci. Maggie et Andrew devaient se rendre à l'une des nombreuses soirées que l'université organisait pour récolter des fonds.

— C'est Andrew qui l'a dit, précisa Philip.

— Il a déjà vérifié tes devoirs ? demanda Ivy.

— Il a trouvé mon histoire sur la fête très bien construite et très bien écrite.

— *Très bien construite et très bien écrite ?* répéta Maggie. Mais c'est qu'on va avoir un professeur d'un mètre vingt de haut dans cette maison avant même qu'on s'en rende compte !

— Va préparer le magnétoscope, dit Ivy à son frère

avec un sourire. Je te rejoins en bas dès que j'aurai fini avec maman.

Philip sauta du lit avec un tel entrain qu'Ivy eut à peine le temps de soulever le petit pinceau couvert de vernis écarlate avant de rebondir avec sa mère comme un ballon.

Lorsqu'il fut sorti de la pièce, Maggie chuchota :

— Gregory m'a promis qu'il resterait à la maison ce soir. Comme ça, si Philip t'embête…

Ivy se renfrogna. Elle avait toujours été capable de s'occuper de son petit frère, bien mieux que sa mère ou que Gregory.

— … ou si tu ne te sens pas… très bien, ajouta Maggie.

Ivy comprit où sa mère voulait en venir – elle la pensait dépressive, folle, suicidaire. Maggie se refusait à prononcer ces mots, mais elle avait fini par accepter ce que son entourage ne cessait de lui répéter à propos de sa fille. Le combat serait sans issue ; aussi Ivy se contenta-t-elle de changer de sujet.

— C'est gentil de la part d'Andrew de s'investir dans les devoirs de Philip, dit-elle.

— Andrew vous aime tous les deux, lui répondit Maggie. Je voulais t'en parler depuis un moment, Ivy, mais avec tout ce qui s'est passé, enfin… tout ce qui… ces trois dernières semaines…

— Crache le morceau, maman.

— Andrew a lancé une procédure d'adoption.

Sous le coup de l'émotion, le pinceau d'Ivy dérapa des ongles de sa mère et elle lui peinturlura les phalanges de Passion Écarlate.

— Tu n'es pas sérieuse… balbutia-t-elle.

— Pour Philip, c'est nous qui décidons, expliqua Maggie en essuyant la tache de vernis. Mais dans ton cas, étant donné que tu as plus de seize ans, c'est à toi de donner ton accord, ou non.

Ivy resta sans voix. Sa première pensée alla vers Gregory. Était-il au courant de la décision de son père ? Et, si oui, quelle avait été sa réaction ? Désormais, Andrew aurait deux fils, sans compter qu'il devenait de plus en plus évident qu'Andrew s'attachait à Philip.

— Andrew veut que tu saches que cette maison sera toujours la tienne. Nous t'aimons tant, Ivy. Personne ne le pourrait plus que nous, souffla Maggie d'une voix agitée, entrecoupée. Tu verras, ma chérie, tout s'arrangera, crois-moi. Beaucoup de personnes aiment plusieurs fois dans leur vie, poursuivit-elle en parlant de plus en plus vite. Un jour, tu rencontreras quelqu'un de vraiment spécial. Tu seras de nouveau heureuse. Je t'en prie, crois-moi.

Ivy referma tranquillement le flacon de vernis et se mit debout sous les yeux inquiets de sa mère, toujours assise sur le lit, la tête levée vers elle, les mains à plat sur les cuisses pour laisser ses ongles sécher. Ivy se pencha et embrassa doucement son front plissé par le tracas.

— Je vais déjà mieux, murmura-t-elle. Viens, on va finir ces jolis ongles au sèche-cheveux.

Après le départ d'Andrew et de Maggie, Ivy s'installa sur le canapé dans le séjour. Les dinosaures de *Jurassic Park* étaient déjà en pleine action sur l'écran de télévision. Ivy se mit un coussin derrière la tête et appuya les pieds sur le rebord du tabouret auquel son frère était adossé. Aussitôt, Ella sauta sur ses jambes étendues, s'étira et posa son menton duveteux sur un de ses genoux.

Ivy la caressa d'un air distrait. Les jours précédents, elle avait déployé tant d'énergie à feindre la bonne humeur pour rassurer famille et amis qu'elle se sentait exténuée. Ses paupières devinrent lourdes et, alors qu'une tempête éclatait sur l'île aux dinosaures, Ivy sombra dans le sommeil.

Des scènes de sa journée au lycée s'entrechoquèrent en un kaléidoscope d'images : le joli visage de Mme Bryce, ses petits yeux inquisiteurs de conseillère d'éducation ; la salle de classe ; les couloirs, des couloirs interminables ; les professeurs et les élèves rangés en haie d'honneur pour la regarder passer.

« Je vais bien. Je suis heureuse. Je vais bien. Je suis heureuse », répétait-elle sans cesse.

Dehors, une tempête se préparait. Ivy l'entendait gronder derrière les murs qu'elle sentait vibrer. Elle vit les premières feuilles de printemps arrachées des arbres, les branches fouettées par le vent contre un ciel d'encre.

Soudain, elle se trouva au volant d'une voiture secouée par les rafales. Un éclair zébra la nuit. Ivy désespéra. Un sentiment d'effroi l'envahit. Elle ne savait pas où elle allait et sa peur ne cessait de croître, comme si elle se rapprochait inexorablement d'une catastrophe. C'est alors qu'une Harley Davidson apparut dans un virage. Le motard ralentit. L'espace d'un instant, Ivy pensa qu'il s'arrêterait pour l'aider, mais il accéléra. Arrivée à son tour dans la courbe, elle aperçut une fenêtre.

Elle le connaissait, ce grand rectangle de verre derrière lequel se profilait une silhouette sombre. La voiture prit de la vitesse. Elle fonçait vers la vitre. Ivy essaya de l'arrêter, de freiner, elle appuya sur la pédale, appuya encore, en vain. La voiture refusait de ralentir. Puis la portière s'ouvrit et Ivy alla rouler par terre. Titubante, elle se remit debout. Elle avait peine à tenir sur ses jambes. Elle eut peur de basculer dans la grande fenêtre en verre.

Un train siffla, d'un sifflement long et perçant. Derrière la vitre, l'ombre noire grandissait, toujours plus menaçante. Ivy tendit une main. Le verre se fracassa. Un train en surgit comme une bombe. Pendant quelques secondes, le temps se figea, les éclats de verre suspendus en l'air tels des glaçons, l'énorme train qui allait percuter Ivy et la précipiter vers la mort immobilisé dans sa course.

C'est alors que deux mains tirèrent Ivy en arrière. Le train passa et les morceaux de verre s'effacèrent dans le sol. L'orage avait disparu, mais le ciel restait noir, comme avant l'aube. Ivy se demanda à qui appartenaient les mains qui l'avaient sauvée. Elle baissa les yeux et découvrit Philip.

Elle s'émerveilla du calme autour d'eux. Peut-être le jour allait-il se lever – elle percevait une faible lueur. Celle-ci s'intensifia. Puis elle s'allongea, jusqu'à prendre la forme d'une silhouette humaine bordée de reflets colorés. Ce n'était pas le soleil, pourtant la vision lui réchauffa le cœur. L'éclat lumineux les enveloppa et se referma sur eux.

— Qui est là ? demanda Ivy. Qui est là ?

Elle n'avait pas peur. Pour la première fois depuis bien longtemps, elle se sentait pleine d'espoir.

— Qui est là ? répéta-t-elle, ne voulant pas voir cet espoir lui échapper.

— Gregory.

Il la secouait. Fort.

— C'est Gregory !

Il était assis sur le canapé, les mains fermement agrippées aux bras d'Ivy. Philip s'était installé de l'autre côté de sa sœur, les doigts serrés sur la télécommande.

— Tu as encore rêvé, lui dit Gregory, le corps tendu, ses yeux interrogateurs plongés dans ceux d'Ivy. Je croyais que ces cauchemars avaient disparu. Ça faisait trois semaines… Je pensais que…

Ivy referma les paupières. Elle voulait retrouver la lumière, revoir son halo irisé. Elle voulait s'enfuir, loin de Gregory, et retourner vers ce sentiment d'espoir si puissant. Mais l'insistance de son presque-frère l'en empêcha.

— Quoi ? demanda-t-il. Ivy, qu'est-ce qu'il y a ?

Elle rouvrit les yeux, mais ne lui répondit pas.

— Parle-moi ! Je t'en prie. Est-ce que tu as vu quelque chose de nouveau dans ton rêve ?

— Pas vraiment, murmura Ivy, non sans remarquer l'air soupçonneux de Gregory. Juste un détail, au début. Avant de conduire sous l'orage, je marchais dans les couloirs de l'école, et tout le monde m'observait.

— T'observait ? répéta-t-il. C'est tout ?

Ivy opina.

— Je me doute que ces derniers jours n'ont pas été faciles pour toi, reprit Gregory en effleurant tendrement la joue d'Ivy d'un doigt.

Elle aurait bien aimé qu'il la laisse seule. Plus il restait près d'elle, plus la lumière de son rêve et son espoir s'effaçaient.

— Je sais que c'est dur de se savoir au centre de toutes les conversations à l'école, commenta Gregory d'une voix pleine de compassion.

Ivy n'avait aucune envie de l'écouter. Si cet espoir

qu'elle avait entrevu lui revenait, elle n'aurait plus besoin de compassion, que ce soit celle de Gregory ou d'un autre. Elle ferma de nouveau les yeux pour bloquer son image, mais elle le sentait toujours qui la fixait, comme tout le monde le faisait.

— C'est surprenant que tu n'aies pas rêvé de ton... euh... de ton expérience à la gare, reprit Gregory.

— Oui, c'est vrai, acquiesça Ivy. Je vais bien, ajouta-t-elle, vraiment. Tu peux retourner à tes occupations.

Ivy ne s'expliquait pas la raison de sa retenue à l'égard de Gregory, au-delà du fait que la lumière de son rêve semblait s'amenuiser à cause de sa présence.

— Je me préparais quelque chose à manger, lui dit-il. Tu as faim ?

— Non, merci.

Sur un hochement de tête, Gregory se leva et quitta la pièce, l'air toujours soucieux. Ivy s'assura au bruit qu'il s'affairait bien dans la cuisine, puis elle s'agenouilla près de Philip qui s'était rallongé par terre pour reprendre *Jurassic Park*.

— Philip, lui murmura-t-elle, une fois le train passé à la gare, est-ce que tu as vu une sorte de lumière qui miroitait ?

Philip tourna vers sa sœur des yeux écarquillés.

— Tu t'en souviens ?!

— Chut...

Ivy jeta un coup d'œil rapide derrière elle et tendit l'oreille pour s'assurer que Gregory ne revenait pas. Puis elle se redressa et s'adossa au tabouret afin de trier les images qui se pressaient dans sa tête. La lumière de son rêve semblait liée à la gare, au quai, à Philip et à elle. L'inventait-elle ou bien se souvenait-elle enfin ?

— Que faisait cette lumière ? demanda-t-elle à Philip. Elle se déplaçait ?

Philip réfléchit un instant.

— Il marchait autour de nous, en cercle.

— C'est ce que j'ai vu dans mon rêve, murmura Ivy avant de porter un doigt à ses lèvres.

Gregory était de retour. Lorsqu'il entra dans le salon, Philip et Ivy, assis côte à côte, regardaient le film d'un air concentré.

— Je me suis dit qu'un peu de thé pourrait te faire du bien, annonça Gregory en s'accroupissant près d'Ivy pour lui tendre une tasse fumante.

Puis il donna un Cacolac à Philip.

— Hé, merci ! s'exclama ce dernier.

Gregory hocha la tête avec un sourire, puis se retourna vers Ivy.

— Tu n'en veux pas ?

— Euh… si. C'est gentil… merci, balbutia-t-elle.

Deux images venaient de se superposer devant ses yeux surpris : le Gregory qui se tenait à côté d'elle et celui qu'elle avait vu dans sa chambre trois semaines plus tôt, une autre tasse de thé à la main. Elle le revit, assis au bord du lit, lorsqu'il avait porté la boisson à ses lèvres et l'avait presque forcée à en prendre une gorgée.

— Tu préférerais autre chose ? lui demanda Gregory.

— Non, c'est parfait.

Se remémorait-elle cette nuit-là ? Se pouvait-il que Gregory ait mis de la drogue dans le thé qu'il lui avait apporté ?

— Tu es toute pâle, lui dit-il en posant la main sur son bras nu et glacé.

Ivy avait la chair de poule. Gregory lui frotta vigoureusement la peau et l'intensité de son geste la surprit. Il l'avait enlacée à maintes reprises depuis la mort de Tristan, mais c'était la première fois qu'elle remarquait cette force dans ses doigts. Elle le regarda. Il avait levé la tête et fixait l'écran de télévision, où un dinosaure déchiquetait un homme.

— Gregory, tu me fais mal, lui dit-elle.

Surpris, il retira aussitôt sa main et s'assit sur les talons. Il était impossible de deviner à quoi il pensait derrière ses yeux gris pâle.

— Tu as l'air toujours aussi contrariée, déclara-t-il.

— Juste fatiguée, lui répondit Ivy. Fatiguée d'être constamment observée, comme si tout le monde attendait que... je ne sais même pas quoi.

— Comme si tout le monde attendait que tu craques ? lui suggéra-t-il d'un ton plus doux.

— Sans doute.

« Mais ça ne m'arrivera pas, songea-t-elle. Pas plus que ça ne m'est arrivé la nuit où on m'a retrouvée à la gare, quoi que toi ou les autres en pensiez. »

— Merci, reprit-elle alors. Je me sens mieux. Je suis de nouveau prête à regarder ces dinosaures faire de la chair à pâté de tous ces pauvres acteurs.

La bouche de Gregory se recourba au coin des lèvres.

— Je ne sais pas comment je ferais sans toi, Gregory.

Il posa une main sur la sienne, puis quitta la pièce. Dès qu'Ivy l'entendit monter l'escalier, elle vida son thé dans une plante sans que Philip, trop absorbé par son film, remarque quoi que ce soit.

Puis elle se réinstalla sur le canapé et, la tête contre le dossier, ferma les yeux. Elle voulait retrouver cette lumière qu'elle avait vue dans son rêve, pour ne pas perdre la lueur d'espoir qu'elle lui avait apportée.

Était-ce possible ? Philip le voyait-il vraiment depuis le début ? Avait-elle réellement un ange gardien ? Des larmes lui picotèrent les yeux. Cet ange était-il Tristan ?

— Tristan ? appela-t-elle doucement en frissonnant d'émotion.

En ce jeudi après-midi, elle s'était cachée dans les vestiaires de l'école pour attendre que la piscine se vide et que l'entraîneur lui-même se rende à une réunion. Elle avait alors ôté ses chaussures et escaladé tout habillée la fine échelle gris métallisé. Elle se tenait maintenant sur la planche, loin au-dessus de l'eau, exactement comme au mois d'avril précédent.

Elle avait appris à nager depuis lors, mais la peur ne l'avait pas entièrement quittée. Elle avança de trois pas et sentit le tremplin fléchir sous son poids. Les dents serrées, elle baissa les yeux vers le bassin bleu-vert, strié et étoilé par l'éclairage fluorescent. Elle n'aimerait jamais l'eau autant que Tristan, mais c'était à cet endroit qu'il lui avait tendu la main pour la première fois. C'était donc là qu'elle essaierait d'entrer en contact avec lui.

— Tristan ? répéta-t-elle dans un souffle.

Seul le bourdonnement régulier des néons lui répondit.

« Anges, aidez-moi ! Aidez-moi à lui parler ! »

Ivy n'avait pas prononcé ces mots de vive voix. Après la mort de Tristan, elle avait cessé de prier. Elle n'y parvenait plus ; elle ne croyait plus qu'elle serait entendue. Mais cette prière-là venait de surgir de son cœur telle une boule de feu.

Elle fit deux pas de plus.

— Tristan ! lança-t-elle. Tu es là ?

Elle alla jusqu'au bout du tremplin, les orteils tout au bord de la planche.

— Tristan, où es-tu ?

Sa voix retentit en écho sur les murs en béton.

— Je t'aime ! cria-t-elle. Je t'aime !

Elle laissa retomber la tête. Il n'était pas là. Il ne l'entendait pas. Elle ferait mieux de descendre avant qu'on ne la surprenne et que les rumeurs sur sa folie ne redoublent.

Elle recula un peu. Les yeux concentrés sur ses pieds, elle se tourna lentement, prudemment. Puis elle releva la tête et s'immobilisa, bouche bée.

Devant elle, l'air miroitait. On aurait dit de la lumière liquide, une colonne dorée en flammes aux contours semblables à un corps. Une brume irisée de couleurs satinées et vibrantes enveloppait la silhouette luisante. C'était ce qu'Ivy avait vu à la gare.

— Tristan, murmura-t-elle.

Elle tendit la main et avança vers lui. Elle brûlait d'envie de se blottir au creux de sa lumière dorée, enveloppée dans son halo de couleurs, entourée par tout ce que Tristan représentait désormais.

— Dis-moi que c'est toi. Parle-moi, implora-t-elle. Tristan !

— Ivy !

— Ivy !

Les murs se renvoyèrent l'écho des deux voix. Gregory et Suzanne.

— Ivy, qu'est-ce que tu fais là-haut ?

— Elle devient folle ! Je savais que ça arriverait.

Ivy baissa les yeux et découvrit Gregory, déjà perché

sur le deuxième barreau de l'échelle, et Suzanne, la tête levée vers elle, l'air affolé.

— Je vais chercher Mme Bryce, annonça celle-ci.

— Attends ! l'arrêta Gregory.

— Mais Gregory, elle...

— Attends, répéta-t-il sèchement, réduisant Suzanne au silence. On raconte assez d'histoires sur elle comme ça. On peut la maîtriser nous-mêmes.

« La maîtriser ? » songea Ivy. Ils parlaient d'elle comme d'une enfant difficile ou d'une aliénée.

— Je vais la faire descendre, poursuivit Gregory calmement.

— Je peux descendre toute seule, lui répondit Ivy. Et si j'ai besoin d'aide, je demanderai à Tristan.

— Qu'est-ce que je disais ? s'exclama Suzanne. Elle a craqué ! Elle est complètement malade ! Tu ne vois pas que...

— Suzanne, l'interrompit Ivy en couvrant la voix de son amie, tu ne vois pas sa lumière ?

— Il n'y a rien, Ivy, rien du tout, gémit Suzanne tandis que Gregory continuait à grimper.

— Mais si, regarde ! insista Ivy, le doigt pointé. Là !

Elle se tourna. Toutefois, c'est sur Gregory que ses yeux se posèrent, Gregory qui venait d'apparaître sur le tremplin. Suzanne avait-elle donc raison ? Il n'y avait rien, pas de miroitement, pas de lumière dorée.

— Tristan ?

— Gregory, dit celui-ci dans un murmure rauque en lui tendant la main.

Ivy regarda autour d'elle. Perdait-elle vraiment la tête ? Avait-elle tout imaginé ?

— Tristan ?

— Ça suffit, Ivy. Descends.

Elle n'avait aucune envie de suivre Gregory. Elle voulait revoir la lumière, s'y blottir de nouveau. Elle aurait tout donné pour rester dans l'instant avec Tristan.

— Viens, Ivy. Ne complique pas les choses, reprit Gregory d'un ton condescendant qui la rebuta. Allez ! Tu ne veux quand même pas qu'on aille chercher Mme Bryce ?

Ivy lui lança un regard noir, mais elle se savait incapable de lutter.

— Non, répliqua-t-elle sèchement. Mais je peux descendre toute seule. Vas-y. Vas-y ! Je te suis.

— D'accord, déclara Gregory en reposant les pieds sur l'échelle.

Arrivée elle-même au bout du tremplin, Ivy se tourna. Elle s'apprêtait à descendre sur le premier barreau lorsque Suzanne lança :

— Will ! Par ici ! Dépêche-toi !

— Tais-toi, Suzanne ! aboya Gregory.

Will, qui venait d'entrer dans la piscine, jeta un coup d'œil furtif vers Ivy.

— Beth m'a prévenu que vous la cherchiez, dit-il à Suzanne et à Gregory. Elle va bien ? Qu'est-ce qu'elle faisait ?

Le ressentiment qui couvait dans le cœur d'Ivy éclata en un accès de colère.

Elle. La. Ils parlaient de sa personne comme si elle ne pouvait pas les entendre, comme si elle ne pouvait pas comprendre.

— *Elle* et *la* sont juste ici ! s'écria-t-elle. Vous n'avez aucun droit de parler de moi comme si je n'étais pas là !

— Elle croit que Tristan est là-haut et qu'il va l'aider,

déclara Suzanne sans prêter attention à Ivy. Elle dit qu'elle a vu sa lumière.

Will leva les yeux vers Ivy, qui le foudroya du regard. Mais sa furie ne rencontra que de l'étonnement. Will étudia le plongeoir, le pourtour du bassin, puis contempla Ivy de nouveau. C'est alors qu'elle vit ses lèvres bouger et lut le mot silencieux qu'il prononçait : Tristan. Puis, comme si de rien n'était, il lui demanda à voix haute :

— Tu vas t'en sortir ?

— Bien sûr, lui répondit-elle en commençant à descendre vers le deuxième barreau.

Gregory et Suzanne se placèrent de part et d'autre de l'échelle, comme s'ils s'attendaient à devoir « maîtriser » Ivy. Will, lui, resta à l'écart, d'où il continuait à observer les alentours.

Lorsque Ivy mit pied à terre, Suzanne la prit dans ses bras et la serra avant de la repousser pour mieux la regarder.

— Alors toi, je pourrais t'étrangler, vraiment, bredouilla-t-elle.

Elle riait, mais Ivy remarqua les larmes dans les yeux de son amie.

Gregory s'approcha à son tour et l'attira à lui.

— Tu m'as fait peur, Ivy, murmura-t-il en l'étreignant.

Ayant du mal à respirer, Ivy tenta de se dégager, en vain.

Il fallut l'intervention de Suzanne, qui considérait que l'étreinte avait assez duré, pour que Gregory libère enfin Ivy. Will, lui, n'avait toujours pas bougé.

— Je te ramène à la maison, décida Gregory.

— Non, ce n'est pas la peine.

— Je veux le faire.

— Vraiment, Gregory, je préférerais...

— Et moi, je rentre comment ? À pied ? l'interrompit Suzanne.

— Je vais te déposer au passage, lui répondit Gregory en se tournant vers elle, et puis je...

— Je te dis que je vais bien ! s'écria Ivy.

— Elle va bien, répéta Suzanne en écho. Ça se voit. En plus, toi et moi, on avait des projets.

— Suzanne, s'obstina Gregory, après ce qui s'est passé, tu ne peux pas me demander de laisser Ivy seule. Si Maggie est rentrée, je...

— Ivy, est-ce que tu me laisserais te raccompagner ? intervint soudain Will.

— Oui, merci, accepta Ivy.

Gregory fronça les sourcils, tandis que le visage de Suzanne s'illuminait d'un large sourire.

— Tu vois, le grand frère, susurra-t-elle en lui passant un bras autour de la taille, tout est arrangé. Tu n'as plus rien à craindre.

— Tu resteras avec elle ? s'enquit Gregory auprès de Will. Tu t'occuperas d'elle jusqu'au retour de Maggie ?

— Bien sûr, lui assura Will en levant la tête vers le tremplin. Moi, ou Tristan, ajouta-t-il.

Ivy lui jeta un regard interrogateur. Suzanne pouffa dans sa main. Gregory, lui, resta de marbre.

Chapitre 4

— Salut ! lança Beth quelques minutes plus tard en voyant Will et Ivy approcher.

Assise contre le casier d'Ivy, crayon en main, elle donnait l'impression d'être en train d'écrire. Un rapide coup d'œil à son carnet persuada Ivy du contraire.

— Si tu t'y prends de cette façon, ton histoire va commencer par la fin, plaisanta-t-elle en se penchant pour remettre le carnet à l'endroit.

Will eut un petit rire.

— Visiblement, je ne joue pas bien la comédie, soupira Beth en se levant, le feu aux joues. Ça va ?

— Je ne sais plus comment répondre à cette question, déclara Ivy. Personne ne me croit.

— Elle va bien, dit Will en posant la main sur l'épaule de Beth d'un geste rassurant.

Étrangement, son ton de voix rasséréna aussi Ivy. Elle rassembla ses livres et tous trois se dirigèrent vers la sortie. Beth marchait au centre et se chargea d'alimenter la conversation. Mais, après son départ quelques minutes plus tard, un silence embarrassé s'installa entre Will et Ivy. Celle-ci s'assit dans la Honda gris métallisé et garda les yeux rivés droit devant elle. Quant à Will, hormis pour lui demander si elle voulait qu'il remonte les vitres, il resta silencieux.

Depuis le grand pique-nique chez les Baines, il avait évité Ivy au lycée. Elle supposait qu'il se sentait mal à l'aise à cause de l'étrange conversation qu'ils avaient eue sur la piste de danse. Elle lui fut donc reconnaissante d'avoir su mettre de côté sa fierté pour la sortir du mauvais pas dans lequel elle se trouvait avec Gregory et Suzanne.

— Merci encore, finit-elle par déclarer.

— De rien, lui répondit Will en ajustant son pare-soleil.

Ivy aurait pensé qu'il lui demanderait ce qu'elle était allée faire sur ce plongeoir. Mais peut-être considérait-il que c'était un comportement normal pour une personne un peu dérangée. Toujours est-il qu'il retomba dans le silence. Obligé de s'arrêter à une intersection, il regarda d'un air fasciné les piétons qui traversaient devant la voiture, puis, soudain, glissa vers Ivy un coup d'œil furtif.

— Ce n'était pas vrai, n'est-ce pas ? lâcha-t-elle aussitôt. Tu plaisantais quand tu as dit à Gregory que toi ou Tristan vous occuperiez de moi ?

Le feu passa au vert et Will attendit de longues secondes avant de répondre :

— Gregory ne m'a pas trouvé très drôle.

— Tu plaisantais, oui ou non ? insista Ivy en se tortillant sur son siège.

— À ton avis ?

— Que vient faire mon avis là-dedans ? explosa Ivy. Après tout, je ne suis qu'une folle qui a essayé de se tuer !

Will braqua brusquement et immobilisa la voiture sur le bord de la route.

— Ce n'est pas ce que je pense, dit-il alors posément.

— Mais tous les autres, si.

Sans éteindre le moteur, il posa les bras sur le volant. Ivy remarqua des taches de peinture sur ses mains.

— Je comprends que certaines personnes se laissent convaincre par les rumeurs, reprit-il, mais je suis surpris que tu fasses partie du nombre.

Ivy resta sans voix.

— Il me semble, poursuivit-il, calme et rationnel, que les vrais fous ne pensent pas qu'ils le sont. Pourquoi serais-tu différente ?

— Peut-être à cause de cette petite histoire selon laquelle j'ai atterri dans une gare juste avant le passage d'un train de nuit, lui répliqua Ivy sans pouvoir s'empêcher de prendre un ton sarcastique.

Will se tourna vers elle et la défia de ses yeux sombres.

— Est-ce que tu te rappelles être allée jusque-là de ton plein gré ? Est-ce que tu te rappelles avoir prévu de te jeter sous ce train ?

— Non, pas du tout. Je ne me souviens que de la lumière. Une sorte de miroitement.

— Que tu viens de revoir sur le plongeoir.

Ivy acquiesça d'un signe de tête.

— Je me demande pourquoi tu le vois, et pourquoi, moi, je l'entends.

— Tu l'entends ? s'exclama Ivy en tendant le bras pour arrêter elle-même le moteur. Tu l'entends ?

— Beth aussi.

Ivy le regarda, bouche bée.

— Elle écrit des messages qui ne viennent pas d'elle. Je dessine des anges sans en avoir eu l'intention. On a cru tous les deux qu'on perdait la tête aussi, conclut Will en traçant un croquis imaginaire sur le pare-brise.

Ivy n'avait pas oublié ce jour, dans le magasin d'électronique, où Beth avait tapé sur un ordinateur en exposition : « Ivy, fais attention. Ne reste pas seule. C'est dangereux. Je t'aime, Tristan. » Ivy s'était enfuie, furieuse contre son amie. Or elle aurait dû l'écouter. Quelques jours plus tard, un intrus l'avait agressée chez elle.

— Il veut te mettre en garde, Ivy, reprit Will. Beth pense que ce qui se trame nous dépasse tous, et de loin. Elle est morte de peur.

Ivy sentit un picotement sur sa nuque. Depuis la veille au soir, elle ne rêvait que de revoir cette lumière qu'elle croyait être son amour disparu. Mais elle avait évité de se poser la question angoissante de savoir pourquoi un Tristan devenu ange essaierait d'entrer en contact avec elle.

— Tu dois essayer de te souvenir, reprit Will. C'est ce que Tristan a voulu te dire le soir de la fête, quand on dansait.

— Il était avec toi ? demanda Ivy tout en passant en revue intérieurement tous les événements étranges de l'été. Alors, comme ça, les anges que tu as dessinés, et Tristan avec des ailes...

— J'étais aussi surpris que toi. C'est ce que j'ai tenté de t'expliquer, il ne me viendrait jamais à l'idée de te faire du mal. Mais je ne savais pas comment décrire ce qui se passait. Il est entré dans mon cerveau et il a pris le contrôle de mes doigts. Je ne parvenais pas à les empêcher de dessiner. J'avais l'impression qu'ils ne m'appartenaient plus.

Ivy posa une main sur la sienne.

— Je crois qu'il voulait te rassurer, ajouta-t-il.

Les larmes aux yeux, Ivy hocha la tête.

— Je suis désolée de ne pas t'avoir compris, dit-elle. Et de m'être emportée.

Elle respira profondément.

— Me souvenir ? reprit-elle. Pour ça, je dois me remettre dans le contexte. Will, est-ce que tu accepterais de me conduire à la gare ?

Il démarra aussitôt. Lorsqu'ils arrivèrent sur place, plusieurs passagers venaient de descendre d'une navette en provenance de New York. Will se gara. Puis il accompagna Ivy jusqu'aux marches qui menaient au quai en direction du sud.

— Je vais te laisser faire, lui annonça-t-il. C'est certainement mieux si tu revisites les lieux toute seule pour voir quels souvenirs te reviennent. Mais je serai là si tu as besoin de moi.

Ivy le remercia d'un signe de tête et monta le petit escalier. Grâce au rapport de police, elle savait que Philip l'avait retrouvée adossée au pilier D, calée contre lui plus exactement. Elle avait oublié à quel point ces poteaux métalliques étaient proches du quai, et à quel point celui-ci ne laissait que peu d'espace le long des rails. Elle sentit son estomac se nouer.

Elle voulut se remettre dans cette position, pour stimuler sa mémoire, mais elle en fut incapable. Elle se hâta donc vers la passerelle qui enjambait la voie ferrée et passa de l'autre côté. Une fois sur le quai en direction du nord, elle chercha Will du regard. Il s'était assis sur un banc où il l'attendait patiemment.

Elle se mit à aller et venir. Qui s'était trouvé là ce fameux soir ? D'après le récit de Philip, quelqu'un déguisé en Tristan. N'importe qui ou presque aurait pu mettre la main sur une veste de l'école et une casquette de baseball. Ainsi vêtu, n'importe qui ou presque aurait pu ressembler à Tristan – Gregory y compris.

Ivy repoussa aussitôt cette pensée. Pourquoi le soupçonner ? C'était de la paranoïa. Par contre, l'hypothèse devenait plus vraisemblable avec Eric. Ivy n'avait pas oublié le soir où il avait attiré Will sur le pont ferroviaire juste avant l'arrivée d'un train. Eric trouvait son plaisir dans les jeux dangereux. Sans compter qu'il savait exactement où se procurer de la drogue.

Un bruit long et strident pénétra dans les pensées d'Ivy. C'était le sifflet d'un train se dirigeant vers le sud, renvoyé en écho par le mur de l'escarpement. Ivy tourna la tête vers le flanc de coteau rocheux. Il paraissait impossible que Philip ait pu le dévaler sans se blesser. Mais si les anges étaient réels, si Tristan l'avait effectivement accompagné…

Le sifflet retentit de nouveau et Ivy s'élança. Elle monta les marches quatre à quatre, emprunta la passerelle et redescendit de l'autre côté. Elle entendit le roulement du train avant d'en voir le phare, œil pâle et aveugle dans la lumière du jour. C'était un des gros modèles de la compagnie Amtrak et il ne s'arrêtait pas à la gare de Stonehill.

Cette fois, Ivy courut se placer dos au pilier D, comme hypnotisée par l'œil blanc du train. Plus il approchait, plus son cœur battait vite. Elle se souvint que Philip, un jour, avait inventé une histoire dans laquelle il disait qu'un train grimpait la colline à la recherche d'Ivy. La locomotive Amtrak fonçait vers elle maintenant dans un grondement sourd, les caténaires lançant des étincelles au-dessus d'elle, le quai vibrant sous ses pieds. Ivy avait l'impression que son corps tremblant allait voler en éclats.

Il y eut un immense déplacement d'air, une masse longue et floue, puis le silence.

Ivy n'aurait su dire depuis combien de temps il se tenait là, derrière elle, à la laisser entrelacer ses doigts dans les siens. Elle tourna la tête et regarda Will par-dessus son épaule.

— Je suis content que tu n'aies pas sauté, lui dit-il avec un demi-sourire. On serait morts tous les deux.

Ivy délia sa main dc celle de Will et lui fit face.

— Est-ce que la mémoire t'est revenue ? lui demanda-t-il.

— Non, répondit-elle d'un ton las.

Il leva le bras comme pour venir effleurer la joue d'Ivy. Mais il se ravisa et plongea vivement la main dans sa poche.

— On y va ? proposa-t-il.

Ivy le suivit jusqu'à la voiture, sans cesser de se retourner vers les rails.

Et si Gregory et Eric avaient œuvré ensemble ? Cependant, Ivy ne parvenait pas à se convaincre que quiconque, à commencer par son presque-frère, puisse lui vouloir du mal. Gregory avait de l'affection pour elle, une affection profonde, avait-elle toujours pensé.

Ils quittèrent le parking en silence, Will visiblement

aussi absorbé dans ses pensées qu'Ivy. Soudain, elle se redressa, le doigt pointé. À une cinquantaine de mètres environ après la sortie, une Harley rouge était garée sur le bord de la route.

— On dirait la moto d'Eric, murmura Ivy.

— C'est la moto d'Eric, confirma Will.

Eric inspectait le long fossé rempli de hautes herbes et d'arbustes. Il était si concentré sur ce qu'il faisait qu'il ne remarqua même pas la voiture qui s'arrêtait derrière lui.

Il ne redressa la tête que lorsque Will ouvrit sa portière et descendit.

— Tu as perdu quelque chose ? lança Will. Tu as besoin d'aide ?

— Non merci, répondit Eric, la main en visière pour se protéger des rayons du soleil. J'essaie juste de retrouver un vieil élastique de saut que j'utilise pour attacher mes affaires sur ma moto.

C'est alors qu'il remarqua la présence d'Ivy. Il eut l'air interloqué, mais il reprit en leur faisant un signe de la main :

— Allez-y, je vais bientôt laisser tomber de toute façon.

Will hocha la tête et remonta en voiture.

— Il se donne bien du mal pour un vieil élastique, fit remarquer Ivy alors qu'ils s'éloignaient.

— Ivy, lui demanda Will, est-ce que tu aurais une idée de la raison pour laquelle on essaie de te faire peur ?

— Qu'est-ce que tu veux dire ?

— Est-ce que quelqu'un pourrait avoir un motif de t'en vouloir ?

— Non, balbutia Ivy lentement.

« Plus maintenant », songea-t-elle. L'hiver précédent,

elle aurait répondu différemment : Gregory n'avait pas du tout apprécié l'annonce du mariage entre son père et Maggie. Mais son ressentiment et sa colère d'origine s'étaient dissipés depuis des mois. Gregory avait été formidable après la mort de Tristan, il avait rassuré Ivy, l'avait même sauvée du pire le jour de l'agression. Son retour impromptu avait chassé l'intrus et, lorsque Will était arrivé, c'est lui qui était en train de libérer Ivy du sac qui l'aurait étouffée.

À moins que… Et s'il n'était jamais parti ? L'explication qu'il avait donnée à la police concernant sa présence inattendue leur avait paru étrange à tous. Le sang d'Ivy se glaça. Et si Gregory s'avérait être l'agresseur et que l'arrivée inattendue de Will l'ait empêché de mener à bien son projet funeste ?

Cette pensée traversa Ivy comme l'eau glacée d'une rivière et elle frissonna. D'un geste convulsif, elle se tordit les mains et, sans s'en rendre compte, cassa en deux le stylo qu'elle avait ôté du siège avant de s'asseoir.

— Tiens, lui dit Will en le lui retirant pour lui offrir sa main à la place. Je récupérerai mes doigts quand on arrivera chez toi, ajouta-t-il avec un sourire. En attendant, tu éviteras de te mettre de l'encre partout.

Ivy s'empara de cette main que Will lui tendait et la serra fort. Elle tourna la tête vers la vitre. Des taches de vert brillant défilaient sous ses yeux. Elle observa en silence ces images de fin d'été qui se mêlaient aux ombres tranchantes du début de l'automne et des mots vinrent flotter dans son esprit : « Je ne t'ai jamais quittée. Je t'aime ! »

— Will, murmura-t-elle. Quand on dansait et que Tristan était dans ton cerveau, tu as dit…

Elle hésita.

— J'ai dit quoi ?

— Je ne t'ai jamais quittée… Je t'aime…

Ivy vit les mâchoires de Will se serrer.

— C'était Tristan qui parlait, et seulement lui, n'est-ce pas ? reprit-elle. J'ai mal compris ?

Will leva les yeux vers un vol d'oies du Canada qui passait au-dessus d'eux en formant un V.

— Oui, répondit-il enfin.

Ni lui ni elle ne reparlèrent jusqu'à la fin du trajet.

Chapitre 5

Debout à côté de Philip, Ivy étudia l'étagère qu'il avait remplie de ses trésors : les statuettes d'anges qu'elle lui avait données après la mort de Tristan ; une silhouette en carton de Don Mattingly, le joueur de base-ball ; des fossiles, offerts par Andrew ; et un vieux crampon de rail rouillé.

Philip et Maggie étaient rentrés juste au moment où Will déposait Ivy. Elle avait pris un goûter avec Philip, puis lui avait porté ses livres dans sa chambre, tandis que lui y montait précautionneusement sa dernière trouvaille, un nid d'oiseau qui sentait le moisi. Ivy le regarda l'installer à une place de choix, puis elle laissa courir ses doigts le long de la rangée de statuettes. Elle arriva bientôt devant un ange ailé, habillé en joueur de base-ball, qui ne lui avait pas appartenu.

— Celui-ci, c'est l'amie de Tristan qui me l'a apporté, expliqua Philip. L'ange fille. Je l'ai déjà vue plusieurs fois.

— Tu connais un autre ange ? s'étonna Ivy. Tu en es sûr ?

— Oui, elle était même à la fête.

— Comment fais-tu pour la distinguer de Tristan ?

Philip réfléchit un instant.

— À sa couleur. Elle a des reflets mauves.

— Et comment sais-tu que c'est une fille ?

— Ça se voit à ses formes.

— Oh !

— Je pense qu'elle a à peu près le même âge que toi.

Ce disant, Philip alla déterrer sous une pile de bandes dessinées une photo sur laquelle apparaissait une étrange tache floue de couleur pâle. Ivy reconnut aussitôt le cliché : c'était le premier que Will avait réalisé le jour du Festival artistique de Stonehill.

Philip l'étudia, puis déclara, les sourcils froncés :

— On ne la voit pas très bien. Tu veux juste ton ange d'eau ? reprit-il en changeant de sujet.

Ivy savait que son frère voulait garder toutes les statuettes qu'elle lui avait données.

— Oui, juste lui, le rassura-t-elle avant d'emporter l'ange en porcelaine dans sa propre chambre.

C'était son préféré. Elle l'avait baptisé « ange d'eau » à cause de sa robe bleu-vert qui semblait onduler. Il lui rappelait l'ange qui l'avait sauvée de la noyade dans une piscine quand elle avait quatre ans. Ivy posa la statuette à côté de la photo de Tristan et passa doucement la main sur sa surface vernissée. Puis elle effleura la photo.

— Deux anges, murmura-t-elle. Mes deux anges...

Là-dessus, elle monta dans son salon de musique.

Ella, qui l'avait suivie, sauta sur le rebord de la fenêtre en face de laquelle était installé le piano d'Ivy. Celle-ci prit place sur la banquette et commença ses gammes. Tandis que ses mains couraient sur le clavier, soulevant des ondes de musique, elle pensa à Tristan. À la façon dont il nageait, auréolé de fragments de lumière enfermés dans les gouttes d'eau qui l'entouraient, et à la façon dont son halo aurait pu l'envelopper maintenant.

Le soleil en cette fin d'après-midi de septembre était de l'or pur, comme la lumière de Tristan, et, à son coucher, le pourtour de l'astre aurait les mêmes nuances irisées. Ivy tourna son regard vers la fenêtre et s'arrêta instantanément de jouer. Ella était assise, les oreilles en alerte, ses yeux grands ouverts luisants d'une étrange lueur. Ivy pivota sur sa banquette.

— Tristan ? souffla-t-elle.

Elle baignait dans sa lumière.

— Tristan, murmura-t-elle de nouveau. Parle-moi. Pourquoi est-ce que je ne t'entends pas ? Will et Beth en sont capables.

Seul lui répondit le bruit mat provoqué par Ella qui venait de sauter à terre et se dirigeait vers sa maîtresse. Ivy se demanda si la petite chatte voyait Tristan.

— Oui, elle m'a reconnu dès ma première visite.

Ivy resta médusée par le son de sa voix.

— C'est toi. Tu es vraiment...

— Incroyable, non ?

Ivy perçut qu'il riait. Il avait le ton qui était le sien lorsque quelque chose l'amusait. Mais le rire s'arrêta.

— Ivy, je t'aime. Je ne cesserai jamais de t'aimer.

Ivy enfouit son visage dans ses mains. Ses paumes et ses doigts avaient une teinte dorée.

— Je t'aime, Tristan. Tu m'as manqué. Si tu savais comme tu m'as manqué.

— Pourtant, j'étais souvent avec toi, à te regarder dormir, à t'écouter jouer. J'ai l'impression d'être revenu à l'hiver dernier, lorsque je t'attendais, te désirais, lorsque j'espérais que tu me remarquerais.

Le désir dans sa voix fit frissonner Ivy intérieurement, comme le faisaient naguère ses baisers.

— Si j'avais pu, je t'aurais lancé du brocoli et des carottes, ajouta-t-il en riant.

Au souvenir du plateau de légumes qu'il avait renversé au mariage de sa mère, Ivy s'esclaffa aussi.

— C'est ça qui nous a séduits, Philip et moi : les bâtonnets de carottes dans tes oreilles et les queues de crevettes dans tes narines, lui répondit-elle en souriant. Oh, Tristan, comme je regrette qu'on n'ait pas pu passer cet été ensemble ! J'aurais tellement aimé flotter à tes côtés au centre du lac et regarder nos doigts et nos orteils étinceler sous le soleil.

— Je ne rêve que d'une chose, c'est d'être près de toi.

— Je voudrais tant que tu me serres fort, dit Ivy en levant la tête.

— Tu ne pourrais pas être plus proche de mon cœur qu'en ce moment.

Ivy ouvrit les bras et les referma sur elle comme des ailes.

— J'ai souhaité des milliers de fois pouvoir te dire que je t'aimais, reprit-elle. Je n'aurais jamais cru qu'on m'accorderait cette chance…

— Tu dois croire, Ivy !

Elle entendit la peur dans sa voix.

— Ne cesse pas de croire, répéta Tristan. Sinon, tu ne me verras plus. Tu as besoin de moi, maintenant, pour des raisons que tu ne connais pas.

— Gregory… murmura Ivy en laissant retomber ses bras sur ses genoux. Si, je le sais. Ce que je ne comprends pas, c'est pourquoi il voudrait…

Elle s'interrompit pour éloigner la terrible pensée.

— … me faire du mal.

— Te tuer, Ivy. Tout ce que Philip a raconté sur cette nuit à la gare s'est bel et bien passé, si ce n'est que le « mauvais ange » était Gregory. Et ce n'était pas la première fois. Quand tu étais seule ce week-end…

— Mais ça n'a pas de sens ! Il a fait tant de choses pour moi ! s'exclama Ivy en se levant d'un bond avant d'aller et venir d'un pas nerveux dans la pièce. Après l'accident, il a été le seul à comprendre pourquoi je refusais d'en parler.

— Il préférait que tu n'y penses pas trop, lui répondit Tristan. Il ne voulait pas que tu te souviennes de l'événement et que tu commences à te poser des questions, que tu te demandes, par exemple, si notre accident en était bien un.

Ivy se planta devant la fenêtre. Trois étages plus bas, Philip s'amusait à donner des coups de pied dans un ballon. Andrew, qui venait d'arriver, avait arrêté la voiture dans l'allée pour le regarder. Maggie traversait la pelouse à sa rencontre.

— Ce n'en était pas un, déclara-t-elle enfin.

Elle repensa à son cauchemar : assise au volant de la voiture, elle ne pouvait pas ralentir, exactement comme le soir où ils avaient percuté le daim.

— Quelqu'un a trafiqué les freins.

— Apparemment, oui.

Prise de nausées, Ivy se remémora chaque instant où Gregory l'avait touchée, embrassée, enlacée, se tenant assez près d'elle pour la tuer si l'occasion s'était présentée. Elle ne voulait pas y croire.

— Pourquoi ? s'écria-t-elle.

— À mon avis, il y a un lien entre toi et la mort de Caroline.

Ivy revint vers le piano et s'assit lentement sur la banquette, l'esprit occupé à faire le tri de toutes ces informations.

— Tu penses qu'il me reproche le... le décès de sa mère ? Mais c'était un suicide, Tristan !

Toutefois, à peine avait-elle prononcé ces mots qu'elle sentit un engourdissement envahir sa poitrine et sa gorge ; la peur menaçait de bloquer sa capacité de penser.

— Tu étais dans la maison voisine le soir où elle est morte, lui rappela Tristan. Tu as dû voir quelqu'un à la fenêtre, quelqu'un qui est au courant de ce qui s'est passé, ou qui en est l'auteur. Tu dois essayer de te souvenir.

Ivy força sa mémoire.

— J'ai vu une ombre, c'est tout. Il y avait tellement de reflets sur la vitre que je n'ai pas pu discerner qui c'était.

— Mais cette personne, elle, t'a vue.

Peu à peu, le rêve d'Ivy prit tout son sens. Elle se mit à trembler.

— Je sais, lui dit Tristan tendrement. Je sais.

Ivy aurait tant voulu qu'il la rassure par des gestes comme il l'avait toujours fait lorsqu'il lui parlait ainsi.

— J'ai peur aussi, murmura-t-il. Je n'ai pas le pouvoir de te protéger seul. Mais crois-moi, Ivy, à deux, on sera plus forts que lui.

— Oh, Tristan, tu me manques !

— Toi aussi. Je voudrais te tenir, t'embrasser, te mettre en colère…

Elle rit.

— Ivy, joue du piano pour moi.

— Oh !… ne me demande pas ça maintenant. Je veux juste pouvoir écouter ta voix. Je pensais t'avoir perdu à jamais, alors maintenant que tu es là…

— Chut… Ivy, joue. J'ai entendu un bruit. Il y a quelqu'un dans ta chambre.

Ivy jeta un coup d'œil vers Ella, qui s'était placée en haut de l'escalier, le regard rivé vers l'obscurité. Soudain, la petite chatte entreprit de descendre les marches d'un pas silencieux, le poil de la queue hérissé. « C'est Gregory », songea Ivy.

Elle ouvrit une partition d'un geste nerveux et entama le morceau. Elle martela le clavier de ses doigts, pour tâcher d'effacer le souvenir des étreintes et des baisers passionnés de Gregory les deux soirs où ils s'étaient retrouvés seuls, à la boutique, et en bas, dans la maison. Il voulait la tuer ? Il aurait tué sa mère ? C'était insensé. Ivy pouvait comprendre qu'Eric en soit capable ; la drogue le rendait à demi fou. Elle se souvenait du message qu'il avait laissé sur le répondeur de Gregory. Il avait toujours besoin d'argent pour acheter ses doses. Peut-être avait-il tenté d'en obtenir de Caroline et les choses avaient-elles mal tourné ? En revanche, quel motif Gregory pourrait-il bien avoir pour commettre un acte aussi horrible ?

— C'est ce que j'essaie de comprendre aussi.

Ivy s'arrêta net.

— Tu entends quand je me parle ? demanda-t-elle intérieurement à Tristan.

— Tu ne dissimules pas tes pensées aussi bien que Will.

Ainsi, il avait tout entendu. Ivy reprit son morceau, en martelant le clavier avec encore plus de force.

— Je n'aurais pas dû t'écouter, hein ? cria Tristan pour couvrir le bruit de la musique.

Ivy sourit et radoucit son toucher.

— Ivy, il va falloir qu'on soit honnêtes l'un avec l'autre. Si on ne peut pas se faire confiance, auprès de qui veux-tu qu'on trouve du soutien ?

— Je t'aime, Tristan, et ce n'est pas un mensonge, lui répondit Ivy en finissant la mélodie.

— Il est parti, lui indiqua Tristan alors qu'elle s'apprêtait à commencer un autre morceau.

Ivy soupira de soulagement.

— Ivy, tu dois sortir de là.

— Sortir de là ? Qu'est-ce que tu veux dire ?

— Tu dois te tenir aussi loin que possible de Gregory.

— Comment veux-tu que je fasse ? Je ne vais quand même pas déménager. Où voudrais-tu que j'aille ?

— Tu trouveras un endroit. Et je demanderai à Lacey... c'est une amie... de rester près de toi. Tant que je n'aurai pas élucidé cette affaire, ni trouvé une preuve à fournir à la police, tu dois partir loin d'ici.

— Non, lui répliqua Ivy en repoussant la banquette du piano.

— Si.

Tristan révéla alors à Ivy ce qu'il avait découvert en remontant le temps dans l'esprit d'Eric et de Gregory. Il lui rapporta la scène de l'altercation entre ce dernier et sa mère, la façon dont Caroline l'avait nargué avec un document et celle dont Gregory avait renversé le lampadaire qui avait entaillé la joue de sa mère. Tristan enchaîna avec son expérience dans le cerveau d'Eric, la scène tendue, un soir d'orage, entre celui-ci et Caroline, encore.

— Tu as raison au sujet d'Eric, conclut Tristan. Il a besoin d'argent pour la drogue et il agit pour le compte de Gregory. Mais je ne sais toujours pas comment.

— Eric cherchait quelque chose dans le fossé près de la gare, révéla Ivy.

— C'est vrai ? Alors, il a pris la menace de Gregory au sérieux, répondit Tristan avant de raconter à Ivy la conversation qu'ils avaient eue le jour du pique-nique. Je vais les surveiller, tous les deux. Mais, en attendant, tu dois partir.

— Non, s'obstina Ivy.

— Si, et aussi tôt que possible.

— Non ! s'exclama-t-elle à voix haute.

Tristan resta silencieux.

— Je ne partirai pas, répéta Ivy intérieurement.

Elle marcha jusqu'à la fenêtre, où elle contempla les vieux arbres tordus par le vent sur la crête, des arbres qui étaient devenus partie intégrante de son quotidien au cours des six derniers mois. Elle les avait vus évoluer d'une vaporeuse gaze printanière de bourgeons rouges à un épais ramage vert, avant que leur délicate silhouette ne soit soulignée par l'or du soleil couchant, la couleur de l'automne. Ils étaient sa maison maintenant, une maison où vivaient les êtres qu'elle aimait. Elle ne s'en laisserait pas chasser. Et elle ne permettrait pas que Philip et Suzanne restent seuls avec Gregory.

— Suzanne n'est au courant de rien, lui dit Tristan. Après ton départ avec Will aujourd'hui, je les ai suivis, elle et Gregory. Elle est innocente ; elle ne sait plus quoi penser à ton sujet, mais elle est folle amoureuse de Gregory.

— Folle amoureuse de lui, et tu veux que je l'abandonne ?

— Elle n'en sait pas assez pour avoir des ennuis, argumenta Tristan.

— Si je disparaissais, persista Ivy, on ne sait pas quelle serait sa réaction. Et s'il décidait de s'en prendre à Philip ? Il a été témoin à la gare de certaines choses qui ne plaisent pas beaucoup à Gregory.

Tristan se tut.

— Je ne te vois pas, reprit Ivy, mais je devine la tête que tu fais.

Il rit, et elle fit de même.

— Oh, Tristan ! Je sais que tu m'aimes et que tu as peur pour moi, mais je ne peux pas les laisser. Philip et Suzanne ne savent pas que Gregory est dangereux. Ils ne se méfieront pas de lui.

Tristan resta sans répondre.

— Tu es là ? demanda Ivy après un long silence.

— Je réfléchis.

— Alors, tu te caches. Tu me dissimules tes pensées.

Soudain, Ivy se sentit transportée par une vague d'amour et de tendresse. Puis une peur intense, de la colère et un désespoir sans fond la traversèrent. Elle nageait dans un océan d'émotions et, l'espace d'un instant, elle fut incapable de respirer.

— J'aurais peut-être dû soulever un petit coin de ma cape et t'inviter dans mes pensées, fit remarquer Tristan. Mais je dois te quitter maintenant.

— Non, attends. Quand est-ce que je te reverrai ? Comment est-ce que je peux te retrouver ?

— Eh bien, pour ça, tu n'as pas besoin de grimper tout en haut d'un plongeoir.

Ivy sourit.

— L'extrémité d'une branche d'arbre fera l'affaire. Ou bien le toit de tout bâtiment de plus de deux étages.

— Quoi ?

— Je plaisante, s'esclaffa-t-il. Appelle, c'est tout, n'importe quand, n'importe où, en silence, et je t'entendrai. Si je ne viens pas, c'est parce que je suis en train de faire quelque chose qu'il m'est impossible d'interrompre ou que je suis dans les ténèbres. Ça, je ne peux pas le contrôler, soupira-t-il. Je les sens venir, là, en ce moment, et je ne pourrai pas leur résister longtemps. Quand elles m'engloutissent, je perds conscience. C'est comme ça que je me repose. Je suppose qu'un jour, ces ténèbres deviendront éternelles.

— Non !

— Si, ma chérie, dit-il tendrement.

Quelques instants plus tard, il avait disparu.

Le vide qu'il laissa en elle lui fut intolérable. Sans sa lumière, la pièce était retombée dans une pénombre bleutée et Ivy se sentit perdue dans ce crépuscule entre deux mondes. Elle combattit les doutes qui l'assaillaient. Non, elle ne l'avait pas imaginé, Tristan était là et il reviendrait.

Elle joua quelques morceaux de Bach, mécaniquement, l'un après l'autre, et venait de refermer ses partitions lorsque sa mère l'appela. Cette dernière avait une drôle de voix et, en arrivant en bas, Ivy comprit pourquoi.

Maggie se tenait devant la commode, l'ange d'eau brisé en mille morceaux à ses pieds.

— Je suis désolée, ma chérie, dit-elle.

Ivy la rejoignit et s'agenouilla. La plus grande partie de la statuette n'était plus qu'une série de minuscules fragments. Elle ne pourrait jamais la réparer.

— Ce doit être Philip, expliqua Maggie. Il l'a certainement posée trop près du bord. Je t'en prie, ne le prends pas mal, ma chérie.

— Maman, c'est moi qui l'ai apportée ici. Et bien sûr que je ne le prends pas mal. C'est un accident, voilà tout, déclara Ivy, étonnée de sa maîtrise. Tu n'as rien à te reprocher.

— Mais je ne suis pas responsable, s'empressa de répliquer Maggie. Elle était déjà cassée quand je suis entrée.

Philip, qui avait entendu leurs voix depuis le couloir, passa la tête dans l'entrebâillement de la porte.

— Oh, non ! s'exclama-t-il. Il est tombé ?

Sur ces entrefaites, Gregory arriva. Il regarda la statuette, secoua la tête, et jeta un coup d'œil vers le lit.

— Ella... dit-il doucement.

Ivy connaissait le coupable. C'était celui qui avait lacéré le fauteuil préféré d'Andrew quelques mois plus tôt – et il ne s'appelait pas Ella. Si elle l'avait pu, Ivy aurait traversé la chambre au pas de charge. Elle aurait acculé Gregory contre le mur. Elle l'aurait forcé à avouer devant tout le monde. Mais elle savait qu'elle n'avait pas d'autre choix que de jouer le jeu. Et elle le ferait – jusqu'au jour où il admettrait enfin qu'il avait détruit bien plus qu'un ange en porcelaine.

Chapitre 6

— Boutique des Quatre Saisons, Ivy à l'appareil. Que puis-je pour vous ?

— Est-ce que tu as la réponse ?

— Suzanne ! Je t'ai dit de ne pas m'appeler au travail, sauf en cas d'urgence. Tu sais très bien qu'on fait nocturne le vendredi, précisa Ivy en jetant un regard discret vers la porte où deux clients venaient d'apparaître.

La petite boutique, remplie du sol au plafond de déguisements et d'un mélange disparate d'articles démodés – tels que des paniers de Pâques, des jouets qui couinaient ou des menoras en plastique –, attirait toujours du monde. Ce jour-là, Betty, l'une des deux propriétaires, était malade. Aussi Lillian, sa sœur, et Ivy étaient-elles débordées.

— C'est une urgence, insista Suzanne. Est-ce que tu connais l'identité de la personne avec qui Gregory sort ce soir ?

— Je ne sais même pas s'il a un rendez-vous. Je suis venue ici juste après l'école, comment veux-tu que j'en aie plus à te dire que quand on s'est quittées à trois heures ?

Ivy se serait bien passée de l'appel de son amie. Depuis que Tristan s'était révélé à elle la veille, elle se tenait sur le qui-vive, où qu'elle soit. Chez eux, la chambre de Gregory et la sienne se trouvaient aux deux extrémités du même couloir. Au lycée, elle voyait Gregory constamment. Venir aux Quatre Saisons avait donc été un soulagement. Ivy se sentait en sécurité parmi les clients et elle aurait bien aimé qu'on ne lui rappelle pas l'existence de Gregory pendant ses six heures de présence au travail.

— Tu n'es vraiment pas douée comme détective, reprit Suzanne, dont le rire tira Ivy de ses pensées. Dès que tu seras rentrée, lance l'enquête. Philip saura peut-être quelque chose. Je veux que tu me dises qui, où, combien de temps, et ce qu'elle portait.

— Écoute, Suzanne, je n'ai pas envie de jouer les espions. Même si j'étais au courant pour ce soir, ça me gênerait de te le dire, tout autant que je n'aimerais pas parler à Gregory de Jeff et de toi.

— Mais je veux que tu lui en parles, Ivy ! s'exclama Suzanne. C'est tout le but de la manœuvre ! Comment veux-tu qu'il soit jaloux si personne ne vend la mèche ?

Alors qu'elle remuait la tête de dépit, Ivy remarqua trois petits garçons occupés à marteler le King Kong gonflable de plus de deux mètres que Betty et Lillian avaient dressé près de l'entrée.

— J'ai des clients, Suzanne, déclara Ivy. Je dois te laisser.

— Est-ce que tu as entendu ce que j'ai dit ? Je veux rendre Gregory fou de jalousie.

— On en reparlera plus tard, d'accord ?

— Abominablement fou de jalousie, s'obstina Suzanne. Jaloux au point d'en perdre la raison.

— À plus tard, la coupa Ivy en lui raccrochant au nez.

Mais le mal était fait. Après chaque client ce soir-là, Ivy repensa à Suzanne. Si son amie rendait Gregory « abominablement fou de jalousie », ce dernier lui ferait-il du mal ? Ivy aurait bien aimé que tous deux se désintéressent l'un de l'autre, or leur petit jeu du « je te veux, je ne te veux plus » n'avait pour effet que d'attiser le feu.

« Si je dis à Suzanne qu'il sort avec des dizaines de filles, réfléchit Ivy, elle le trouvera encore plus attirant. Si je le critique, elle le défendra et s'en prendra à moi. »

Alors que l'heure de la fermeture approchait, Lillian vint s'asseoir avec lassitude sur le tabouret derrière la caisse. Elle ferma les yeux un instant.

— Vous allez bien ? s'inquiéta Ivy. Vous avez l'air vraiment fatiguée.

La vieille dame lui tapota la main doucement. Sur ses doigts noueux brillaient un anneau de diamants, une pierre rose aux pouvoirs thérapeutiques, et une bague communicateur Star Trek.

— Je vais bien, ma jolie. Je suis juste vieille, lui répondit-elle.

— Reposez-vous quelques minutes. Je vais m'occuper des reçus, proposa Ivy en s'emparant de la liasse.

De toute façon, Ivy avait prévu d'aider Lillian à fermer et de l'accompagner jusqu'à sa voiture. Après le départ des clients et la mise en veilleuse des lumières, l'énorme centre commercial s'emplissait d'ombres et de bruissements, et Ivy ne voulait pas rester sans compagnie.

— Je suis une véritable antiquité, soupira Lillian. Ivy, est-ce que tu pourrais t'occuper de la fermeture ce soir ? Ça me rendrait service.

— De la fermeture ? s'exclama Ivy, affolée à l'idée de devoir finalement rester seule. Oui… bien sûr, accepta-t-elle néanmoins à contrecœur.

Lillian se leva de son tabouret et enfila son lainage.

— Par contre, prends ton temps demain matin, ma chérie, ajouta Lillian en se dirigeant vers la porte. Betty devrait aller mieux et on s'en sortira bien toutes les deux. En tout cas, merci, tu es adorable.

— Je vous en prie, bredouilla Ivy tout en regardant la vieille dame disparaître vers l'Escalator.

Aussitôt, elle pensa à Tristan. Où pouvait-il être ? Devait-elle l'appeler ? À peine cette pensée formulée, elle se reprocha d'être si peureuse. Elle baissa les lumières, avant de se raviser et de n'en laisser que la moitié en veilleuse. Puis elle jeta un coup d'œil vers les cabines d'essayage à l'arrière du magasin. Elle résista à la tentation d'aller vérifier qu'elles étaient bien vides. « Ne sois pas si parano », s'ordonna-t-elle, bien que d'imaginer un intrus tapi là, ou posté en embuscade dans les recoins sombres du centre commercial, ne soit pas du tout déraisonnable.

— Donne-moi la caisse.

Ivy fit un bond. Eric. Il lui avait pointé un doigt dans le dos. Un éclat de rire retentit. Gregory.

Ivy pivota sur ses talons, l'air terrorisé.

— Oh ! pardon, déclara Gregory. On ne voulait pas te faire peur à ce point.

— Moi, si ! s'esclaffa Eric d'une voix criarde.

— On était dans le coin et on s'est dit que tu aurais bientôt fini, alors on est passés, poursuivit Gregory d'une voix douce et amicale en la prenant par le coude.

— Oui, pour te piquer le liquide avant que tu le mettes dans le coffre, lança Eric. Tu as une idée du chiffre que vous avez réalisé aujourd'hui ?

— Ne fais pas attention à lui, intervint Gregory.

— Bien sûr qu'elle fait attention à moi, susurra Eric en laissant courir ses doigts sur la marchandise dans les gondoles. Elle fait toujours attention à moi.

— On a envie de traîner, ce soir, déclara Gregory. Tu viens avec nous ?

Ivy s'efforça de sourire, tout en feuilletant les reçus.

— Merci, mais j'ai encore beaucoup de travail.

— Ce n'est pas grave, on peut t'attendre.

Ivy sourit de nouveau, mais déclina l'offre d'un signe de tête.

— Allez, Ivy, l'encouragea Gregory. Tu n'es pratiquement pas sortie depuis trois semaines. Ça te fera du bien.

— Tu crois ? répondit-elle en levant les yeux vers lui. Tu t'occupes toujours si bien de moi… ajouta-t-elle dans un souffle.

— Et je continuerai.

Lui aussi souriait, mais rien ne transparaissait de ses pensées derrière ses yeux gris et son visage trop parfait.

— Des dents ! s'exclama Eric. Regarde-moi ces crocs suceurs de sang. Super !

Il déchira l'emballage en plastique, se fixa les fausses dents dans la bouche et regarda Gregory d'un air satisfait. Mais, au bout de ses maigres bras ballants, ses doigts s'agitaient nerveusement. Ivy repensa à la façon dont Gregory avait applaudi Eric le soir où ce dernier les avait entraînés, elle, Suzanne, Beth et Will, sur le pont de la voie ferrée. Elle se demanda jusqu'où Eric serait prêt à aller pour rester dans les petits papiers de Gregory.

— Tu vas faire fureur, Eric, lança Gregory. Les filles adorent les vampires. Pas vrai, Ivy ? ajouta-t-il en lui adressant un sourire en coin.

Lors de sa dernière visite à la boutique, un soir de nocturne aussi, Gregory s'était déguisé en Dracula. Ivy n'avait pas oublié ses baisers insistants dans la cabine d'essayage, ni la façon dont elle s'était laissé séduire. À cette pensée, elle eut la sensation que sa peau la brûlait. Ses doigts se fermèrent en poings serrés, qu'elle s'empressa de cacher dans son dos.

« Je peux jouer le jeu aussi bien que lui », se persuada-t-elle en redressant la tête.

— Oui, c'est vrai, déclara-t-elle alors.

Les yeux étincelants, Gregory posa un regard fixe sur son cou, puis remonta jusqu'à sa bouche d'un air avide.

« Ivy, mais qu'est-ce que tu fais ? »

La question la stupéfia. C'était Tristan. Eric et Gregory n'avaient pas réagi, il s'était donc glissé en elle sans qu'elle s'en rende compte. Ivy baissa vivement la tête.

— Tu rougis ? s'esclaffa Gregory.

Ivy lui tourna le dos et s'éloigna. Elle ne pouvait, cependant, se soustraire à Tristan.

« Tu penses qu'il veut t'embrasser ? lui demanda ce dernier avec dédain. T'étrangler, peut-être ! Ivy, ne sois pas stupide ! C'est encore une de ses ruses. »

« Je sais ce que je fais », lui répondit Ivy intérieurement.

Gregory, qui l'avait suivie jusqu'à la caisse, posa une main sur sa taille.

— Gregory, s'il te plaît.

— S'il te plaît, quoi ? lui susurra-t-il, les lèvres tout contre son oreille.

— Eric est là, lui rappela-t-elle en jetant un coup d'œil par-dessus son épaule.

Mais Eric avait disparu dans les rayons, absorbé par l'univers des déguisements.

— Je n'aurais pas dû l'emmener, murmura Gregory.

« Débarrasse-toi de lui, intervint Tristan. Débarrasse-toi de lui et d'Eric et ferme la porte à clé. »

Ivy s'écarta de Gregory.

« Appelle les vigiles, insista Tristan. Demande-leur de t'accompagner jusqu'à ta voiture. »

— De toute façon, il y a Suzanne, reprit Ivy à l'intention de Gregory. Tu sais que c'est ma meilleure amie, depuis toujours.

« Ivy ! s'exclama Tristan. Tu n'as toujours rien compris au fonctionnement des garçons ? Tu te prends au piège toute seule ! Il va inventer une excuse, bien sûr. »

« Je sais ce que je fais », répliqua Ivy en silence.

— Suzanne est trop facile, dit Gregory en s'approchant de nouveau d'Ivy. Trop facile et trop jalouse. Ça m'ennuie.

« Ben voyons, c'est plus intéressant de courir après la petite copine du gars qu'on a assassiné », railla Tristan.

Ivy eut un brusque mouvement de tête, comme si quelqu'un l'avait frappée.

— Qu'est-ce qu'il t'arrive ? s'étonna Gregory.

« Ivy, je suis désolé, soupira Tristan, mais sinon tu ne m'écoutes pas. Tu n'as pas l'air de comprendre… »

« Si, Tristan, si, je comprends, s'emporta Ivy. Laisse-moi, maintenant, avant que je fasse une erreur. »

— À quoi est-ce que tu penses ? s'enquit Gregory. Tu es en colère, ça se voit.

Du bout des doigts, il lissa son front plissé, suivit le tracé de ses joues, effleura son cou.

— Tu aimais bien que je te touche, avant, murmura-t-il.

Ivy sentit la fureur de Tristan monter en elle. Elle avait l'impression de perdre le contrôle. Elle ferma les paupières, concentra son attention et, de toutes ses forces, le chassa de son cerveau. Lorsqu'elle rouvrit les yeux, Gregory la dévisageait.

— Dehors ? dit-il. C'est à moi que ça s'adressait ?

— À toi ? murmura Ivy.

Formidable. Elle avait parlé à voix haute.

— Non, non, je ne me rappelle pas m'être adressée à toi.

Gregory fronça les sourcils.

— Mais tu me connais, s'empressa-t-elle d'ajouter, je suis un peu folle.

— Peut-être... concéda-t-il, en continuant de l'observer.

Ivy lui sourit, le contourna, et rejoignit Eric. Elle consacra les quinze minutes suivantes à aider ce dernier à se constituer un déguisement complet, tout en gardant un œil sur la porte à l'affût du vigile. Lorsque celui-ci arriva et tapota sa montre du doigt pour lui indiquer qu'il était vingt et une heures trente passées, Ivy l'appela pour lui demander de bien vouloir indiquer la sortie de secours à Eric et à Gregory, puisque le centre commercial était fermé.

Enfin seule, elle s'enferma dans la boutique et, de soulagement, se laissa tomber contre la porte.

— Je suis désolée, Tristan, souffla-t-elle, certaine qu'il ne l'entendrait pas.

Tristan observait Ivy, qui s'était assise derrière la caisse, la tête penchée sur la pile de tickets, sa chevelure bouclée semblable à une toile dorée sous le seul plafonnier qui brillait maintenant au-dessus d'elle. La pénombre avait envahi la boutique, dont les angles s'effaçaient dans l'obscurité.

Tristan aurait voulu toucher les cheveux d'Ivy, matérialiser ses doigts pour sentir la douceur de sa peau. Il avait envie de lui parler, tout simplement. Mais il resta caché, toujours en colère, blessé qu'elle l'ait ainsi expulsé de son cerveau.

Soudain, Ivy redressa la tête et regarda autour d'elle comme si elle avait perçu sa présence.

— Tristan ? appela-t-elle.

Il réfléchit. S'il restait en dehors d'elle, elle ne l'entendrait pas. Mais qu'avait-il à lui dire de toute façon ? Qu'il l'aimait ? Qu'elle lui avait fait mal ? Qu'il était terrifié pour elle ?

Elle détecta sa lumière.

— Tristan...

Sa façon de prononcer son nom le faisait toujours frissonner.

— Je ne pensais pas que tu reviendrais, que tu me reviendrais. Pas après la façon dont je t'ai traité.

Tristan resta sans bouger.

— Ce n'est pas pour moi que tu es revenu, c'est ça ?

Il entendit le tremblement dans sa voix et ne sut

comment réagir. Partir ? L'abandonner à ses questionnements pendant un certain temps ? Il ne voulait pas de dispute. En outre, il avait du travail qui l'attendait cette nuit-là.

« Si seulement tu savais comme je t'aime », songea-t-il.

— Tristan ? murmura Ivy intérieurement.

Elle avait eu la même pensée et Tristan était automatiquement entré dans son esprit. Des larmes se mirent à rouler sur les joues d'Ivy.

— Ne pleure pas, souffla Tristan. Je t'en prie, ne pleure pas.

— Essaie de comprendre, l'implora-t-elle. Je t'ai donné mon cœur, mais ça ne veut pas dire qu'il ne m'appartient plus. Tu n'as pas le droit d'entrer sans prévenir et de prendre les commandes. J'ai mes propres pensées, Tristan, et ma propre façon d'agir.

— Ça, c'est sûr, admit-il avant de s'esclaffer malgré lui. Ça me rappelle ton premier jour à l'école avec la fille chargée de te montrer le fonctionnement de la cafétéria. C'est toi qui la menais par le bout du nez. C'est là que je suis tombé amoureux de toi… Par contre, tu dois me comprendre aussi, Ivy. J'ai peur pour toi. Qu'est-ce qu'il t'a pris de jouer à ce petit jeu avec Gregory ?

Ivy se laissa glisser du tabouret et se dirigea vers un coin sombre de la boutique. Eric y avait abandonné une pile de déguisements sur le sol. La jeune fille les ramassa.

— Je joue son jeu, lui répondit Ivy. Je joue le rôle qu'il m'a donné : je maintiens le mystère et je le garde à proximité.

— C'est trop dangereux, Ivy.

— Non, lui répliqua-t-elle sèchement. Vivre sous le

même toit et tenter de l'éviter le serait. Je ne peux pas me cacher, Tristan. Donc, le secret, c'est de ne jamais, jamais le quitter des yeux.

Elle se couvrit le visage avec un masque qu'Eric n'avait pas rangé non plus.

— Je dois savoir ce qu'il fait et ce qu'il dit, reprit-elle. Attendre qu'il commette une erreur. Tant que je serai là, et je t'ai déjà prévenu, Tristan, je resterai là, il n'y a pas d'autre solution.

— Si, lui opposa Tristan. Tu pourrais le surveiller en utilisant quelqu'un comme bouclier. Will est son ami. Sors avec lui.

Un long silence s'installa et Tristan sentit qu'Ivy lui dissimulait ses réflexions.

— Non, ce n'est pas une bonne idée, finit-elle par décréter.

— Pourquoi ? s'emporta Tristan.

Il avait conscience du fait qu'Ivy ne trouvait pas ses mots.

— Je ne veux pas l'impliquer, précisa-t-elle alors.

— Il l'est déjà. Il est au courant pour moi et il t'a conduite à la gare pour t'aider à te souvenir.

— Oui, mais c'est tout. Je ne veux pas lui en dire plus, trancha Ivy en pliant les déguisements.

— Tu le protèges.

— Oui.

— Pourquoi ?

— Pourquoi mettre quelqu'un d'autre en danger ?

— Will affronterait n'importe quel danger pour toi. Il t'aime !

Tristan regretta aussitôt ses paroles. Cela étant, Ivy ne pouvait pas ne pas être au courant. À moins qu'elle ne s'en soit jamais rendu compte ? Tristan fut pris dans un tourbillon d'émotions qu'il ressentit chez Ivy aussi.

— Je ne le pense pas, finit-elle par balbutier. Will est un ami, rien de plus.

Tristan resta silencieux.

— Et si ce que tu dis est vrai, Tristan, ce serait encore moins juste de se servir de lui de cette façon. On ne ferait que lui mentir.

Vraiment ? Tristan n'en était pas si sûr. Peut-être Ivy avait-elle peur d'admettre son attirance pour Will.

— Tristan, à quoi penses-tu ? Qu'est-ce que tu me caches ?

— Je me demande si tu es honnête avec toi-même.

Comme si elle avait pu s'éloigner de lui, Ivy traversa la boutique d'un pas vif. Elle arrangea quelques vêtements sur leurs cintres, déposa les articles disséminés par Eric dans les gondoles appropriées.

— Je ne comprends pas ton raisonnement, reprit-elle. On dirait presque que tu es jaloux.

— Je le suis.

— Tu es quoi ?!

— Jaloux, répéta Tristan en songeant : « Pourquoi le cacher ? »

— Qui a dit ça ? lança Ivy.

— Qui a dit quoi ? s'étonna Tristan.

— Qui a dit quoi ? répéta une voix féminine que Tristan reconnut aussitôt.

— Lacey !

Tristan ne l'avait pas sentie arriver.

— Oui, mon chou ? lui lança Lacey à voix haute.

Ivy fit le tour de la boutique des yeux.

— Ivy et moi sommes en train de parler, déclara Tristan.

— Et alors, je n'ai pas entendu ce qu'elle t'a dit, lui répliqua Lacey en maintenant sa voix audible pour Ivy. Quand ta poupée s'exprime par la pensée, je n'entends que toi. Qu'est-ce que vous êtes décevants alors ! Vous êtes le couple de l'année, et je rate la moitié du dialogue. Demande à ta poupée de parler fort, d'accord ?

— *Ta poupée ?* s'emporta Ivy.

— Voilà, c'est mieux, dit Lacey.

— C'est cette grosse tache bleuâtre qui parle ? demanda Ivy.

— Pardon ?! s'exclama Lacey.

Cet échange n'augurait rien de bon.

— Oui, c'est elle, intervint Tristan calmement.

— Grosse tache ? répéta Lacey, ulcérée.

— C'est comme ça qu'Ivy te voit, lui précisa Tristan. Tu le sais bien.

— Et toi, Tristan, comment est-ce que tu la vois ? demanda Ivy.

Il hésita.

— Oui, bonne idée, dis-le-nous, approuva Lacey. À quoi je ressemble pour toi ?

Tristan s'efforça d'être objectif.

— À... quelqu'un d'un mètre cinquante et quelques... aux yeux marron, je crois... au nez arrondi et aux cheveux assez épais.

— Bravo, Tristan, tu n'aurais pas décrit un ours différemment, commenta Lacey avant de s'adresser à Ivy : Je me présente. Lacey Lovitt. Je suis sûre que tu me situes maintenant.

Tristan sentit l'esprit d'Ivy fouiller sa mémoire à la recherche d'éléments sur l'identité de cette inconnue.

— La star de country ? s'aventura Ivy.

Une dinde en plastique fut catapultée à travers la boutique.

— Quand je pense que je me suis forcée à revenir pour mettre cette poupée en garde, fulmina Lacey.

— Pourquoi m'appelle-t-elle tout le temps « poupée » ?

— Ça doit faire partie du vocabulaire des stars du cinéma, murmura Tristan d'un ton las.

— Tu faisais du cinéma ? demanda Ivy à Lacey tout en ramassant la dinde que celle-ci avait lancée. Ça veut dire que tu es jolie, ajouta-t-elle d'une voix calme.

— Demande à Tristan.

— Tristan, Lacey est-elle jolie ?

— Je ne suis pas bon juge de ce genre de choses, répondit-il d'un ton évasif pour se sortir du piège qu'on lui tendait.

— Ben tiens... déclarèrent Ivy et Lacey en même temps.

L'une et l'autre partirent faire les cent pas chacune de son côté.

— Lacey Lovitt, comment as-tu fait pour lancer cette dinde ? demanda soudain Ivy en pressant le jouet entre ses doigts. Est-ce que Tristan sait le faire aussi ?

— Pas s'il a une cible à atteindre, ricana Lacey. Il apprend encore à se matérialiser, à se transformer en être solide. Il lui reste beaucoup de techniques à maîtriser. Heureusement qu'il m'a comme enseignante.

Lacey se rapprocha d'Ivy et lui effleura la peau avec le bout des doigts. Tristan la sentit frissonner et il vit à travers ses yeux les longs ongles violets qui apparaissaient lentement sur son bras.

— Quand Tristan quittera ton cerveau, reprit Lacey, je le verrai comme s'il était vivant, alors que toi, tu ne percevras plus que son halo de lumière. À moins qu'il ne se matérialise comme je viens de le faire. Pour ça, il faut beaucoup d'énergie. Tristan prend de plus en plus de forces, mais, quand il en utilise trop, les ténèbres l'engloutissent.

— Tu le vois comme s'il était vivant ? répéta Ivy.

— Oui, il peut me tenir la main, regarder mon visage. Il peut… enfin, tu vois ce que je veux dire.

Tristan sentit Ivy se hérisser.

— Mais il ne l'a pas fait, déclara Lacey sans ménagement. Il ne pense qu'à toi, ajouta-t-elle en plaçant un chapeau en équilibre au bout de son doigt avant de le lever au-dessus de sa tête.

Ivy, elle, ne voyait qu'une sorte de brume couleur lavande surmontée d'un chapeau haut de forme qui tournait mystérieusement sur lui-même.

— Je m'amuserais bien à hanter cette boutique, reprit Lacey. Je suis sûre qu'au moment de Halloween, ça attirerait plein de clients pour tes vieilles bonnes femmes.

— N'y pense même pas, la mit en garde Tristan.

— Tu me pardonneras si j'oublie ce que tu viens de me dire, lui répondit Lacey. Bref, je n'étais pas venue pour ça. Je voulais seulement vous donner une information intéressante : Gregory s'est procuré de la drogue.

— Quand ? s'empressa de demander Tristan.

— Ce soir, juste avant d'arriver ici. Fais attention à ce que tu manges, ajouta Lacey à l'intention d'Ivy. À ce que tu bois, aussi. Ne lui facilite pas la tâche.

Ivy frissonna.

— Merci, Lacey, déclara Tristan. Je te revaudrai ça... Il n'empêche, la prochaine fois, préviens avant d'entrer et d'écouter des conversations qui ne te concernent pas.

— Ouais, ouais.

— C'est moi qui te suis redevable, Lacey, intervint Ivy.

— Je suis parfaitement d'accord avec toi ! s'exclama Lacey. D'autant que ça fait deux mois et demi que ton Tristan me déverse des seaux de soupirs et de gémissements sur la tête. J'aurais pu remplir trois tomes de mauvaise poésie. Et pourtant...

— Lacey n'a jamais été amoureuse, l'interrompit Tristan. Donc, elle ne comprend pas...

— Pardon ? Ose répéter ! Tu es sûr de ce que tu avances ?

Tristan éclata de rire. Lacey l'ignora et s'adressa de nouveau à Ivy :

— Et pourtant, comme je m'apprêtais à te le dire, je ne vois vraiment pas ce qu'il te trouve.

Piquée, Ivy garda le silence un moment, avant de répondre :

— Eh bien, moi, je vois très bien pourquoi il t'apprécie.

— Ah oui ?

Tout en riant, Ivy prit un autre haut-de-forme, le fit tournoyer au bout de son doigt, et conclut :

— Tristan ne sait pas résister aux filles à l'esprit indépendant.

Chapitre 7

Tranquillement allongé pour préserver son énergie, Tristan écoutait le souffle d'Eric tout en regardant le ciel s'éclaircir par la fenêtre de la chambre. Les chiffres rouges du radio-réveil indiquaient 4:46. Dès qu'Eric commencerait à s'agiter, Tristan se glisserait dans son esprit.

Il l'avait observé le vendredi soir, plusieurs heures après son passage au centre commercial, puis le samedi, après son retour d'une nuit passée à boire. Lacey n'avait cessé de mettre Tristan en garde contre les voyages effectués dans des cerveaux embrouillés par l'alcool et tordus par la drogue. Toutefois, vingt-quatre heures s'étaient écoulées depuis la dernière bière bue par Eric, et Tristan était prêt à prendre des risques pourvu qu'il découvre quelles basses œuvres il avait exécutées au nom de Gregory.

Tristan avait trouvé en haut d'une étagère un vieux livre sur les trains. Après avoir matérialisé ses doigts, il avait feuilleté l'ouvrage à la recherche d'un modèle similaire aux rapides qui passaient par la gare de Stonehill. Il attendait maintenant le moment opportun pour en montrer la photo à Eric et pénétrer dans ses pensées lorsque la photo s'imprégnerait dans son cerveau. Avec un peu de chance, elle conduirait directement Eric au souvenir de la nuit où Ivy avait été droguée puis emmenée à la gare.

Tristan patienta, les yeux posés sur l'écran à affichage numérique où défilaient les minutes en chiffres lumineux. Eric commença à respirer irrégulièrement et à remuer les jambes. Le moment était venu. Tristan le poussa légèrement pour le réveiller. Eric ouvrit les yeux à moitié, découvrit le livre sur son oreiller et redressa une tête somnolente pour le regarder.

« Train, pensa Tristan. Sifflet. Ralentis. On dirait un accident. N'était pas un accident. Gregory. Raté. Froussards, froussards, froussards... Où sont les froussards ? Froussards, froussards... »

Tristan fit appel à autant de détails que la photo pouvait évoquer. Sans savoir lequel lui avait donné accès à son esprit, il vit soudain le train à travers les yeux mi-clos d'Eric. Celui-ci semblait juste assez conscient pour accepter des suggestions. Tristan se représenta le plus clairement possible une casquette de base-ball et une veste de lycéen, celles que Gregory avait portées et qu'il voulait tant qu'Eric retrouve.

Eric se raidit. L'espace d'un instant, Tristan resta suspendu avec lui dans une obscurité intemporelle. Soudain, ils basculèrent et Tristan sentit la main d'Eric ricocher sur un objet dur. Ils repartirent en arrière, perdirent l'équilibre, avant d'être propulsés de nouveau vers l'avant. Eric banda les muscles : il se battait avec quelqu'un. Un violent coup à l'estomac le plia en deux. Il se redressa pour regarder son adversaire. Un coup de poing au menton lui fit tourner la tête vers la droite, un autre, vers la gauche. Gregory lui assenait coup après coup. Tristan découvrit qu'ils étaient sur une route, à trente mètres environ de la gare. Les pieds d'Eric dérapaient sur les gravillons qui recouvraient le bas-côté de la route et un objet pointu s'enfonçait dans sa main. Tristan comprit qu'il protégeait un trousseau de clés.

— Espèce de crétin !

Tristan sentit l'insulte se former indistinctement dans la bouche d'Eric.

— Tu ne conduiras pas ma moto. Tu vas nous faire avoir un accident et nous tuer tous les deux. Ce sera toi, moi et Tristan à jamais ; toi, moi et Tristan à jamais ; toi, moi et Tristan...

— La ferme ! Donne-les-moi ! lâcha Gregory en lui arrachant les clés de la main, dont la paume se stria de sang. Tu ne peux même pas tenir la tête droite.

Tristan sentit monter la nausée. Le souffle court, Eric s'était penché sur la Harley en se tenant le ventre, tandis que Gregory s'affairait derrière lui. Il essayait d'attacher quelque chose – la veste et la casquette.

— Il faut qu'on y aille, lança-t-il à Eric.

Celui-ci se hissa à grand-peine sur l'engin. Sa jambe était si lourde. Gregory le poussa vers l'arrière du siège et s'installa rapidement devant lui.

— Accroche-toi.

Gregory appuya sur l'accélérateur et la tête d'Eric fut violemment projetée en arrière. Sa mâchoire inférieure percuta celle du haut et ses yeux donnèrent à Tristan l'impression qu'ils roulaient dans son cerveau comme des petites billes. C'est à ce moment-là qu'Eric perçut un mouvement indistinct derrière lui. Il se tourna et vit la veste et la casquette tomber de la moto, mais il garda le silence.

Gregory prit la direction de la ville, puis de chez lui. Une fois en haut de la colline, il descendit de la Harley et, sans se retourner, se précipita à l'intérieur de la maison. Maintenant seul, Eric s'assit aux commandes. Il démarra en trombe et dévala la pente comme un fou. Soudain, la route se sépara des roues de la moto et s'éloigna de son côté en serpentant. Eric roulait sur une nouvelle voie.

S'étaient-ils transportés dans un autre souvenir ? Connectés par hasard avec une autre partie de son passé ? Tristan eut l'impression de reconnaître la série de lacets serrés qu'ils négociaient. Après un long dérapage, la Harley s'immobilisa et Tristan eut encore la nausée. Eric s'était arrêté à l'endroit même où Tristan avait trouvé la mort.

Eric descendit de la moto. Il surveilla la route pendant plusieurs minutes. Puis il s'accroupit pour examiner par terre ce qui ressemblait à de petites pierres bleues étincelantes : des morceaux de verre brisé mélangés au gravier. Il tendit le bras et s'empara d'un bouquet de roses posé là. Elles avaient l'air fraîches, comme si quelqu'un venait de les apporter. Elles étaient réunies par un ruban mauve, semblable à celui qu'Ivy mettait dans ses cheveux. Eric posa un doigt prudent sur l'une d'elles, encore en bouton. Il frissonna de tout son corps.

La rose apparut alors dressée dans un vase sur la table de Caroline. L'esprit d'Eric était passé dans un autre souvenir, que Tristan avait déjà partagé avec lui : la fenêtre panoramique, l'orage qui menaçait à l'extérieur, la peur intense d'Eric, puis sa colère croissante. Tristan se rappelait tout.

Comme la première fois, la scène défila tel un bout de film endommagé, dont certaines images avaient disparu et dont le son restait englouti sous des vagues d'émotion. Caroline regardait Eric en riant ; elle riait comme si elle n'avait jamais rien vu de plus drôle de sa vie. Soudain, Eric la saisit par les bras et la secoua, la secoua avec tant de force que le cou de Caroline se plia comme celui d'une poupée de chiffon.

— Écoute-moi ! hurla Eric. Je suis sérieux. Ce n'est pas une plaisanterie. Personne n'en rit, sauf toi. Ce n'est pas drôle !

Eric gémit. Les ondes qui le traversaient maintenant n'étaient pas causées par la peur, ni par un sentiment cuisant de frustration et de colère, mais par quelque chose de profond, de terrible, de désespéré. Eric gémit de nouveau et ouvrit les paupières. Il découvrit le livre devant lui.

La page était floue. Eric se frotta les yeux. Il était réveillé, et il pleurait.

— Quand est-ce que ça va finir ? murmura-t-il. Mais quand est-ce que ça va finir ?

Que signifiaient les mots d'Eric ? Quel événement appréhendait-il ? Que ne voulait-il plus faire ? Laisser Gregory tuer ? Se laisser manipuler et tuer pour lui ? Peut-être étaient-ils complices et liés par un nœud de culpabilité.

Tristan lutta de toutes ses forces pour rester conscient durant cette matinée du lundi. Il avait quitté l'esprit d'Eric dès que celui-ci avait ouvert les yeux, mais il l'avait suivi jusqu'à l'école, car il soupçonnait que le souvenir de la nuit le conduirait à se confronter avec Gregory. Tristan fut pris au dépourvu lorsque Eric, au moment du déjeuner, traversa rapidement la cafétéria pour aller s'asseoir à la table où Ivy mangeait seule.

— Je dois te parler, lui dit-il.

Ivy leva vers lui des yeux surpris. Les cheveux pâles d'Eric étaient tout emmêlés. Il avait perdu tant de poids pendant l'été que sa peau blanche semblait à peine recouvrir les os de son visage. Les cernes sous ses yeux ressortaient comme des bleus.

— D'accord, je t'écoute, dit Ivy avec une voix d'une douceur qui surprit Tristan.

— Pas ici. Il y a trop de monde.

Ivy fit le tour de la cafétéria du regard. Tristan supposa qu'elle hésitait sur la réponse à donner à Eric. Il aurait voulu se glisser en elle pour lui crier : « N'accepte pas ! Ne le suis pas ! » Mais il savait ce qui se passerait : Ivy l'expulserait de son cerveau comme elle l'avait fait aux Quatre Saisons.

— Est-ce que je peux au moins savoir de quoi il retourne ? demanda Ivy, toujours calme et aimable.

— Pas ici, répéta Eric, dont les doigts pianotaient nerveusement sur la table.

— Allons chez moi alors, suggéra Ivy.

Tout en dardant ses yeux inquiets de droite et de gauche, Eric refusa d'un signe de tête.

Tristan remarqua alors avec soulagement que Beth et Will arrivaient. Eric les avait vus aussi.

— Il y a une vieille voiture abandonnée sous les ponts de la voie ferrée, dit-il avec empressement, cinq cents mètres environ avant la rivière. Je t'y attendrai à cinq heures aujourd'hui. Viens seule. Je ne te parlerai qu'à cette condition.

— Mais je...

— Viens seule. Ne dis rien à personne, conclut-il en s'éloignant.

— Eric ! l'appela Ivy. Eric !

Il ne se retourna pas.

— Qu'est-ce qu'il vous arrive à tous les deux ? s'enquit Will en posant son plateau sur la table.

Ni lui, ni Beth, ni Ivy ne semblaient avoir conscience de la présence de Tristan. Celui-ci en déduisit que les rayons de soleil qui inondaient la cafétéria par les grandes fenêtres les empêchaient de percevoir sa lumière.

— Eric a l'air complètement affolé, commenta Beth en s'asseyant à côté de Will, juste en face d'Ivy.

Tristan constata avec satisfaction qu'elle avait son carnet et son crayon. Si elle acceptait d'écrire, il pourrait communiquer avec les trois en même temps.

— Qu'est-ce qu'il voulait ? poursuivit-elle. Il y a un problème ?

— Il a demandé à me parler en fin d'après-midi, répondit Ivy en haussant les épaules.

— Pourquoi ne l'a-t-il pas fait ici ? s'étonna Will.

« Bonne question », acquiesça Tristan.

— Il préfère me voir seul à seule, précisa Ivy en baissant la voix. Je ne suis pas censée le dire à qui que ce soit.

Beth regardait Eric se diriger vers la sortie. Elle plissa les yeux.

« Je ne lui fais pas confiance », pensa Tristan aussi clairement que possible.

Son idée était la bonne : Beth avait eu la même pensée et il réussit à se glisser dans son esprit. Mais Beth opposa aussitôt une résistance.

« N'aie pas peur, Beth, lui dit-il. Ne me chasse pas. J'ai besoin de ton aide, pour le bien d'Ivy. »

Avec un soupir, Beth prit son crayon et s'en servit pour remuer sa compote de pommes.

— Une cuillère serait plus pratique, je pense, plaisanta Will en poussant Beth du coude.

Les yeux d'Ivy s'écarquillèrent.

— Beth, tu brilles.

— C'est Tristan ? demanda Will.

Beth essuya son crayon et ouvrit son carnet.

« Oui », écrivit-elle.

— Il peut me parler directement maintenant, commenta Ivy en se renfrognant. Pourquoi communiquer à travers toi ?

Les doigts de Beth s'agitèrent.

« Parce que Beth, elle, m'écoute. »

Will partit d'un grand éclat de rire.

La main de Beth s'activa de nouveau.

« Je compte sur Beth et sur Will pour te convaincre de ne pas prendre de risques avec Eric. »

— Tu comptes sur moi ? bredouilla Will.

« C'est trop dangereux, Ivy, griffonna Beth. C'est un piège. Dis-lui, Will. »

— Il faut d'abord me donner des détails, répondit ce dernier.

— Eric m'a demandé de le retrouver à cinq heures sous les ponts de la voie ferrée, à cinq cents mètres environ de la rivière, expliqua Ivy.

Will hocha la tête, déchira l'extrémité d'un sachet de ketchup et en répartit le contenu sur son hamburger.

— C'est tout ?

— Il a insisté pour que je vienne seule et m'a dit que je le trouverais près d'une voiture abandonnée.

Méthodiquement, Will ouvrit un second sachet de ketchup, puis un de mayonnaise. Ses mouvements lents et mesurés firent perdre à Tristan sa patience.

« Dis-lui, Will ! Fais-lui entendre raison ! » écrivit Beth avec rage.

Will ne se précipita pas pour autant.

— Eric pourrait t'avoir tendu un piège, déclara-t-il enfin d'un air songeur, un piège mortel.

« Ce n'est pas trop tôt », gribouilla Beth.

— À moins qu'il ne veuille te révéler la vérité, reprit Will. S'il a peur, il a peut-être décidé de te livrer une information importante. Sincèrement, c'est difficile à savoir.

« Crétin ! » écrivit Beth, avant de déclarer d'une voix tremblante :

— Ivy, n'y va pas. C'est moi qui te le dis, pas Tristan.

Will se tourna vers elle.

— Qu'est-ce qu'il y a, Beth ? lui demanda-t-il. Qu'est-ce que tu vois ?

Tristan avait eu la même vision que Beth et en était tout aussi ébranlé qu'elle.

— C'est la voiture, bredouilla Beth. Je l'ai vue dès que tu l'as mentionnée. C'est une épave, qui s'enfonce dans la boue. Un drame s'y est déroulé. Elle est enveloppée d'une nappe de brume sombre.

Will prit la main tremblante de Beth.

— Elle s'enlise dans le sol comme un cercueil, reprit Beth. Son capot est arraché. Son coffre... je ne le vois pas bien, il y a beaucoup de buissons et de plantes grimpantes. Une des portières est entrebâillée. Elle est bleue, je crois. Il y a quelque chose à l'intérieur.

Les yeux de Beth étaient écarquillés, remplis d'effroi, et une larme roula le long de sa joue. Will l'essuya tendrement, mais une autre vint aussitôt lui mouiller le doigt.

— Les sièges ont disparu à l'avant, continua Beth, mais pas la banquette arrière. Il y a...

Elle secoua la tête.

— Vas-y, l'encouragea Will d'une voix douce.

— Il y a une couverture. Un ange la regarde, la tête baissée. Il pleure.

— Que vois-tu sous cette couverture ? murmura Ivy.

— Rien, répondit Beth dans un souffle. Je n'arrive pas à voir !

Sa main se remit alors à écrire :

« Moi non plus. On ne peut pas soulever la couverture. »

— Tristan, est-ce que c'est toi, l'ange qui regarde ? demanda Ivy.

« Non », répondit Beth sur son carnet.

— Ivy, n'y va pas ! s'écria-t-elle alors en saisissant brusquement la main de son amie. Je t'en supplie, il s'est passé quelque chose d'horrible là-bas !

« Écoute-la, Ivy ! » s'exclama Tristan. Mais la main de Beth tremblait trop pour qu'elle puisse transmettre son message.

Ivy regarda Will.

— Beth a eu raison déjà deux fois, mentionna celui-ci.

Ivy acquiesça d'un signe de tête.

— Et si Eric avait vraiment quelque chose d'important à me dire ? soupira-t-elle.

— Il trouvera un autre moyen pour entrer en contact avec toi, raisonna Will. S'il est déterminé à te révéler une information, il saura comment s'y prendre.

— Tu dois avoir raison, concéda Ivy.

Les muscles de Tristan se relâchèrent de soulagement. Maintenant, il pouvait quitter les trois amis. Ivy lui demanda intérieurement :

« Où vas-tu ? »

Comme il la savait en sécurité, il ne lui répondit pas. Il avait récupéré de son voyage épuisant dans l'esprit d'Eric, mais il n'était pas certain de bénéficier longtemps de ce regain d'énergie. Or il avait décidé de fouiller la chambre de Gregory tant qu'il n'y aurait personne chez les Baines. S'il parvenait à localiser la drogue que Gregory avait achetée, elle fournirait au moins à Ivy un motif d'accusation possible contre lui.

Toutefois, ce dont elle avait réellement besoin, c'était de la veste et de la casquette, décida Tristan en passant les portes de l'école. Ces vêtements convaincraient peut-être les enquêteurs de réévaluer le récit de Philip. Un seul cheveu pourrait permettre d'établir le lien avec Gregory.

Comment trouver cette veste et cette casquette ? Quelqu'un avait dû les ramasser après leur chute de la moto. La personne en connaissait-elle l'importance ? Le récit de Philip n'avait pas été publié dans les journaux, mais une fuite était possible. Tristan se demanda si Gregory avait formé équipe avec un joueur inconnu.

— Ivy, se lamenta Suzanne, on avait prévu d'aller chercher mes beaux escarpins, tu sais, des chaussures couleur vermeil, la seule paire de talons de la Nouvelle-Angleterre qui conviendra parfaitement pour mon anniversaire. Je n'ai plus qu'une semaine pour les trouver !

— Je suis désolée, lui répondit Ivy en prenant un autre livre dans son casier. Je sais que j'avais promis.

Elle fit passer la pile de documents qu'elle portait déjà d'un bras sur l'autre, sans lâcher la note manuscrite qu'elle serrait dans sa main. Trois minutes avant l'arrivée de Suzanne, elle avait ouvert son casier et découvert que la photo de Tristan avait disparu, remplacée par cette note collée.

— Tu serais libre dans deux jours ? suggéra Ivy. Demain, je dois travailler après les cours, mais mercredi, j'aurai le temps de faire les magasins jusqu'à épuisement s'il le faut.

— D'ici là, je me serai réconciliée avec Gregory et je risque d'être prise.

— Réconciliée ? répéta Ivy. Qu'est-ce que tu veux dire ?

— Ça a marché, Ivy, sourit Suzanne. Ça a marché comme un charme.

Le dos contre le mur de casiers, Suzanne plia les genoux et se laissa glisser jusqu'à toucher terre – un exploit avec ce jean moulant, se dit Ivy. Les garçons rassemblés à l'autre bout du hall, les yeux gourmands rivés sur Suzanne, étaient visiblement tout aussi admiratifs.

— Comme tu as refusé de lui parler de Jeff, reprit Suzanne, c'est moi qui l'ai fait. Je l'ai appelé Jeff.

— Tu l'as appelé Jeff ? Il a remarqué ?

— Les deux fois.

— Eh bien !

— La première, on était… disons… dans le feu de l'action.

— Suzanne !

Celle-ci partit d'un grand éclat de rire si contagieux que des élèves se retournèrent sur leur passage avec un sourire.

— Et qu'a dit Gregory ? Qu'est-ce qu'il a fait ?

— Une crise de jalousie incroyable, répondit Suzanne, les yeux étincelants. C'est surprenant qu'il ne nous ait pas tués tous les deux.

— Comment ça ?

Suzanne se glissa plus près d'Ivy et baissa la tête de sorte que ses longs cheveux noirs lui tombent devant le visage, tel un rideau derrière lequel révéler des secrets.

— La seconde fois, on était sur la banquette arrière de la voiture, chuchota Suzanne en fermant les yeux, tout à ses souvenirs. Son visage est devenu blanc, puis son cou a commencé à rougir. Je te promets, on aurait dit que sa température était montée à plus de quarante degrés. Il s'est écarté et il a levé la main. J'ai cru qu'il allait me frapper et j'ai vraiment eu peur pendant un moment.

Elle fixa Ivy, les pupilles dilatées par l'adrénaline. Ivy comprit que la terreur ressentie par Suzanne se transformait, à mesure qu'elle la décrivait, en une anecdote palpitante. Elle se délectait de son histoire, de la même façon qu'on rit de se faire peur dans les trains fantômes des fêtes foraines. Le problème, c'est que Gregory n'était pas un monstre en papier mâché.

— Ensuite, reprit Suzanne, il m'a insultée, il est passé devant et il a démarré comme un fou. Il a baissé toutes les vitres. Il hurlait. Il conduisait tellement vite et il faisait tant de zigzags chaque fois qu'il se retournait pour me regarder que je glissais d'une portière contre l'autre sans pouvoir me redresser. On a eu de la chance qu'il ne nous tue pas tous les deux.

Ivy regarda son amie, horrifiée.

— Oh ! ne t'inquiète pas, Ivy. Quand il a vu que j'avais le bras droit dans la manche gauche et que j'étais complètement échevelée, il a ralenti et il a éclaté de rire.

Ivy enfouit sa tête dans ses mains.

— Par contre, quand il m'a déposée chez moi, le soir, admit Suzanne, il m'a dit qu'il ne voulait plus me revoir. Que je lui faisais perdre le contrôle de lui-même et qu'il agissait bizarrement à cause de moi.

Suzanne prononça ces mots avec une satisfaction non dissimulée, comme s'ils équivalaient à un immense compliment.

— Mais d'ici à samedi, il aura changé d'avis. Il viendra à ma fête, tu peux en être sûre.

— Suzanne, tu joues avec le feu, lui dit Ivy.

Suzanne sourit.

— Vous vous faites du mal, tous les deux. Regarde-toi.

Suzanne s'esclaffa en haussant les épaules.

— Tu te ridiculises !

Suzanne cligna des yeux, piquée par la critique.

— Gregory a des accès de colère terribles, insista Ivy. Tout est possible avec lui. Tu ne le connais pas.

— Oh, vraiment ? répliqua Suzanne, les sourcils soudain arqués. Je crois que je le connais assez bien.

— Suzanne...

— Et je sais comment m'y prendre avec lui, mieux que toi, murmura Suzanne en regardant Ivy avec des yeux étincelants. Alors, ne te fais pas trop d'illusions.

— Quoi ?

— C'est bien de ça qu'il s'agit, non ? Depuis que tu as perdu Tristan, tu ne penses qu'à Gregory. Mais il est à moi, Ivy, pas à toi. Et tu ne l'auras jamais !

Là-dessus, Suzanne se remit debout, épousseta le bas de son pantalon et s'éloigna à grands pas.

Ivy s'adossa à son casier. Elle savait qu'il ne servirait à rien de rattraper Suzanne. Elle pensa faire appel à Tristan pour qu'il protège son amie. Peut-être Lacey pourrait-elle les aider aussi. Mais tout cela devrait attendre. Cette conversation avait persuadé Ivy de modifier ses projets et elle ne voulait pas que Tristan l'en empêche.

Elle déplia le carré de papier qu'elle avait trouvé collé à la place de la photo. La note, signée des initiales d'Eric, était brève et convaincante :

Viens seule. À cinq heures. Je connais la raison de tes cauchemars.

Chapitre 8

Ivy se gara dans la clairière où Gregory s'était arrêté quelques mois plus tôt, le soir où Eric leur avait lancé ce défi qui aurait pu les tuer, lui et Will. Elle descendit de voiture et continua à pied. Les rails du nouveau pont étincelaient sous le soleil de fin d'après-midi. Juste à côté, l'ancien ouvrage rouillé aux motifs décoratifs chantournés s'arrêtait au milieu de la rivière. Des doigts de métal déchiqueté et de bois pourri s'avançaient depuis la berge opposée, mais les deux moitiés, telles des mains tendues, ne parvenaient plus à se toucher.

Maintenant qu'elle contemplait les deux ponts parallèles en pleine luminosité, l'écart de deux mètres qui les séparait, et le lit rocailleux de la rivière qui coulait loin en dessous d'eux, Ivy comprit le risque qu'Eric avait pris à prétendre sauter de là. Elle se demanda ce qui avait bien pu se passer dans sa tête. Soit il était totalement fou, soit il se moquait de vivre ou de mourir.

Ivy ne voyait pas sa moto, mais il l'avait peut-être cachée dans les arbres ou les taillis, nombreux à cet endroit. Elle regarda rapidement alentour, puis commença prudemment à descendre le talus escarpé à la base des ponts. Après une série de glissades, elle arriva sur un sentier étroit qui longeait la rivière. Elle avançait aussi silencieusement que possible, attentive à tous les sons autour d'elle. Si un arbre bruissait, elle s'empressait de lever les yeux, à demi convaincue qu'elle y découvrirait Eric et Gregory, prêts à fondre sur leur proie.

« Ressaisis-toi », se réprimanda Ivy tout en poursuivant son chemin à pas feutrés.

Si elle prenait Eric par surprise, cela lui permettrait peut-être de déjouer le piège qu'il risquait de lui avoir tendu.

Ivy consulta sa montre à plusieurs reprises. À dix-sept heures cinq, elle se demanda si elle n'avait pas passé la voiture sans la voir. Quelques pas plus loin cependant, un éclat lumineux l'aveugla – un reflet du soleil. Moins de cinq mètres devant, elle remarqua alors un chemin, envahi par la végétation, allant de la rivière jusqu'à un amas de métal.

Ivy s'enfonça dans les herbes, tapie pour éviter qu'on ne la voie. Soudain, elle crut entendre un bruit derrière elle, un léger craquement sous des pieds. Elle pivota sur elle-même. Rien. Rien d'autre que quelques feuilles déplacées par la brise.

Elle écarta alors des branches longues qui lui bloquaient le passage, continua d'avancer, se redressa et, là, se figea, le souffle coupé. La voiture était exactement telle que Beth l'avait décrite, ses essieux pris dans la boue, sa partie arrière enterrée sous des plantes grimpantes. Le capot était arraché et la peinture vinyle sur le toit s'était écaillée en fragments fins comme du papier noir. Quant aux portières rayées, elles étaient bleues – comme Beth l'avait dit.

Celle de derrière était ouverte. Y avait-il une couverture à l'intérieur ? Et qu'y avait-il dessous ?

De nouveau, Ivy entendit un bruissement derrière elle. Elle se retourna vivement et scruta les alentours. Bientôt, à force d'étudier encore et encore chaque mouvement d'ombre ou de feuille à la recherche d'une silhouette hostile, sa vue se brouilla. Mais il n'y avait personne.

Elle consulta de nouveau sa montre. Dix-sept heures dix. « Eric ne serait pas déjà reparti, décida-t-elle. Soit il est en retard, soit il attend que je fasse le premier pas. Eh bien, raisonna-t-elle, je ne suis pas pressée. » Elle s'accroupit.

Quelques minutes plus tard, elle sentit des fourmis dans ses jambes et dut se redresser. Elle se massa un peu et regarda de nouveau sa montre : dix-sept heures quinze. Elle attendit cinq minutes encore, puis commença à se demander si Eric n'avait pas pris peur.

Devait-elle sortir de sa cachette ? Aller vérifier ? Quelque chose la retenait. La mise en garde de Beth résonnait dans sa tête aussi clairement que si son amie la lui avait chuchotée à l'oreille.

« Anges, aidez-moi », pria Ivy. Une partie d'elle voulait voir ce qui se trouvait dans cette voiture. L'autre voulait s'enfuir.

« Oh, anges, où êtes-vous ? Tristan, j'ai besoin de toi. Tout de suite ! »

Elle fit quelques pas hésitants vers l'épave. Elle s'immobilisa un instant, s'assura que personne ne la suivait, puis continua d'approcher et, enfin, se pencha prudemment pour regarder à l'intérieur.

Elle cligna des yeux, se demandant si ce qu'elle voyait était réel ou non – un autre cauchemar ou encore une des plaisanteries d'Eric. Puis elle cria, hurla, encore et encore, à se casser la voix. Elle avait compris, sans le toucher – il était trop pâle, trop immobile, ses yeux bleus ouverts et fixes –, qu'Eric était mort.

C'est alors qu'elle sentit une main sur son épaule. Elle bondit de frayeur et se remit à hurler, folle de peur. Des bras se refermèrent sur elle et la tirèrent en arrière. Elle criait si fort qu'elle craignit de sentir ses tempes éclater. Les mains ne tentèrent pas de se plaquer sur sa bouche pour la réduire au silence, elles continuèrent de la tenir, tout simplement. Lorsque le corps d'Ivy s'affaissa d'épuisement, une joue effleura la sienne.

— Will ? murmura-t-elle.

Tout son corps tremblait aussi. Il relâcha son emprise, tourna Ivy vers lui et, tout en la laissant reposer son front contre sa poitrine, lui couvrit doucement les yeux de la main. Malgré ses efforts, Ivy ne parvint pas à effacer de son esprit la vision d'Eric, le visage tourné vers le ciel, les yeux grands ouverts, comme silencieusement étonnés.

Will fit passer son poids d'une jambe sur l'autre et Ivy comprit qu'il regardait Eric par-dessus son épaule.

— Je... je ne vois pas de blessure, dit-il. Pas d'hématome. Pas de sang.

Ivy sentit son estomac se soulever sous ses côtes. Elle serra les dents en respirant profondément.

— Et si c'était la drogue ? suggéra-t-elle, un peu remise. Une overdose ?

— C'est possible, murmura Will, dont Ivy sentait le souffle court et saccadé sur sa joue. Il faut appeler la police.

Ivy se dégagea de lui et se retourna vers la voiture. Elle se pencha de nouveau et se força à regarder Eric, à l'étudier. Elle avait décidé de mémoriser la scène. De rassembler des indices. Ce qui venait d'arriver à Eric était peut-être une mise en garde qui s'adressait à elle. « Quel gâchis ! » se dit-elle, le regard posé sur le corps sans vie.

Elle tendit le bras vers l'intérieur de la voiture, mais Will l'arrêta.

— Non, ne le touche pas, lui ordonna-t-il. Il faut tout laisser exactement comme c'est, pour que la police puisse mener son enquête.

Ivy se résigna, non sans ramasser une vieille couverture au pied de la banquette et d'en recouvrir délicatement Eric.

« Anges... commença-t-elle sans trop savoir quelle prière leur adresser. Aidez-le. »

Elle s'en tint là, mais, alors qu'elle s'éloignait avec Will, elle vit en esprit un ange miséricordieux, dressé au-dessus d'Eric, le visage baissé vers lui. L'ange pleurait – comme Beth l'avait dit.

— Tu as beau dire, Lacey, je suis content d'avoir raté mon propre enterrement, fit remarquer Tristan alors que le cortège funèbre se rassemblait autour de la tombe d'Eric. Ce n'est vraiment pas gai.

Certains se tenaient seuls et raides comme des soldats ; d'autres s'appuyaient sur une épaule pour y trouver soutien et réconfort.

En ce vendredi, le jour s'était levé sous la bruine. Plusieurs personnes avaient ouvert leur parapluie, semblables à des fleurs de nylon colorées agglutinées dans un décor de pierres grises et d'arbres pris dans la brume. Ivy et Beth encadraient Will, tête nue, laissant la pluie et les larmes se mêler sur leur visage. Suzanne tenait Gregory par la taille, le regard rivé sur les brins d'herbe hérissés.

C'était la troisième fois en cinq mois que le groupe se retrouvait au cimetière de Riverstone Rise, et pourtant la police persistait à ne leur poser que des questions de routine.

— Alors, ça a marché ? demanda Lacey depuis un arbre dans lequel elle s'était perchée.

— Gregory est pire qu'une forteresse, grommela Tristan en faisant plusieurs fois le tour de l'orme d'un pas irrité.

Il avait tenté de se glisser dans son esprit à plusieurs reprises durant la cérémonie.

— Parfois, je me demande s'il ne me sent pas venir. Quelque chose doit l'alerter.

— C'est possible, approuva Lacey. Après tout, on ne peut pas dire que tu sois très doué comme ange.

Elle matérialisa ses doigts, prit appui sur sa branche et sauta. Elle atterrit à pieds joints juste à côté de Tristan.

— Comment ça ? lui demanda ce dernier.

— Eh bien… tu es tellement discret que, si ta spécialité était de voler des télés au lieu de subtiliser des pensées, dès ton premier cambriolage, un vieux cabot de quinze ans, à moitié sourd et pratiquement aveugle, aurait suffi à te prendre la main dans le sac.

— Eh bien... on en reparlera dans deux ans, quand j'aurai eu le même temps que toi à perdre... non, pardon... à m'entraîner, lui rétorqua Tristan, piqué. On verra bien à ce moment-là si je suis aussi doué que toi.

— Oui, on verra, lui répondit Lacey, avant d'ajouter avec un sourire : Moi aussi, j'ai essayé. C'est impossible d'entrer dans le cerveau de ce gars.

Tristan étudia le visage de Gregory. Il ne laissait rien transparaître ; sa bouche formait une ligne régulière, ses yeux étaient fixés droit devant lui.

— Tu sais, reprit Lacey en matérialisant cette fois la main, paume vers le haut pour attraper des gouttes de pluie, Gregory n'est pas forcément responsable de toutes ces morts. Tu as vu le rapport de la police. Ils n'ont trouvé aucun signe de lutte.

Le médecin légiste avait déclaré Eric victime d'une overdose. Ses parents croyaient dur comme fer à un accident. À l'école, courait la rumeur d'un suicide. Pour Tristan, c'était un meurtre.

— Le rapport ne prouve rien, argumenta-t-il en faisant les cent pas. Gregory a très bien pu donner une dose à Eric sans lui dire ce qu'elle contenait. Il n'a certainement pas eu besoin de le forcer à l'avaler. Ensuite, il lui aurait suffi d'attendre qu'Eric soit sous l'emprise de la drogue pour lui en administrer davantage, cette fois à son insu. Et si la police ne pense pas à un meurtre, Lacey, c'est parce qu'ils n'ont pas de mobile.

— Mais toi, si ?

— Eric avait décidé de parler, de révéler quelque chose à Ivy.

— Ah, ah ! Donc, la poupée avait raison, le taquina Lacey.

— Oui, admit Tristan malgré la colère qu'il ressentait encore d'avoir découvert qu'Ivy s'était rendue seule au rendez-vous le lundi après-midi.

Elle l'avait appelé à la dernière minute, bien trop tard pour qu'il puisse l'aider. Il avait fait aussi vite que possible, mais, lorsqu'il était enfin arrivé, elle quittait la clairière avec Will. Ce dernier avait déclaré avoir suivi Ivy car il avait eu un pressentiment.

— Tu te sens exclu ? lui demanda Lacey.

Tristan ne répondit pas.

— Tristan, quand est-ce que tu vas te décider à comprendre ? On est morts ! Et c'est ce qui se passe quand on meurt. Les gens ne vous envoient plus d'invitation.

Tristan avait les yeux rivés sur Ivy. Il aurait voulu s'approcher d'elle, lui prendre la main.

— On en est réduits à faire au mieux, reprit Lacey. Et, une fois notre mission achevée, il faut dire au revoir, ajouta-t-elle en agitant la main.

— Lacey, j'espère vraiment que tu tomberas amoureuse un jour. J'espère qu'avant la fin de ta mission, tu comprendras à quel point on se sent mal quand on aime une personne et qu'on la voit se tourner vers quelqu'un d'autre.

Sans rien dire, Lacey recula d'un pas.

— J'espère que tu apprendras ce que c'est que de dire au revoir à une personne que tu aimes plus qu'elle ne le saura jamais.

— Ton souhait pourrait bien se réaliser, répondit Lacey en détournant le visage.

Tristan lui jeta un coup d'œil, surpris par le ton de sa voix. Lacey semblait blessée. Ça ne lui était jamais arrivé devant Tristan.

— J'ai raté quelque chose ? s'enquit-il.

Lacey lui fit un signe de tête affirmatif.

— Quoi ? Qu'est-ce qu'il y a ? s'inquiéta Tristan, désolé à l'idée d'avoir pu lui faire du mal.

Il tendit la main vers elle, mais elle recula encore.

— On est en train de rater la dernière prière, lança-t-elle alors. Ce serait bien qu'on y participe, pour le bien d'Eric.

Là-dessus, elle joignit les mains et prit un air angélique.

— Tu peux prier à ma place, soupira Tristan. Je n'ai rien de positif à lui souhaiter.

— Raison de plus pour prier. Si on ne l'aide pas à trouver la paix, il risque de venir nous tenir compagnie.

« Anges, prenez soin de lui. Donnez-lui le repos et soutenez sa famille », pria Ivy en silence en regardant Christine, la sœur aînée d'Eric.

Cette dernière se tenait, avec ses parents et ses autres frères, de l'autre côté du cercueil.

À plusieurs reprises durant le service, Ivy l'avait surprise qui l'observait. Lorsque leurs regards s'étaient croisés, les lèvres tremblantes de la jeune fille s'étaient allongées en une ligne fine et douce. Christine avait les mêmes cheveux blond pâle qu'Eric, ainsi que sa peau de porcelaine, mais ses yeux étaient d'un bleu plus éclatant. Elle était belle – un triste rappel de ce qu'Eric aurait pu être si la drogue et l'alcool n'avaient pas corrompu son corps et son esprit.

« Anges, prenez soin de lui », répéta Ivy mentalement.

Le pasteur conclut la cérémonie et le cortège se dispersa aussitôt. Ivy sentit alors les doigts de Gregory contre les siens. Ils étaient glacés. Elle se souvint comme ils avaient été froids aussi le soir où la police leur avait appris le décès de Caroline.

— Ça va ? lui demanda-t-elle.

Il glissa sa main dans la sienne et referma les doigts sur elle. Le soir où sa mère était morte, il avait fait exactement le même geste, laissant penser à Ivy qu'il l'acceptait enfin.

— Oui, répondit-il. Et toi ?

— Soulagée que ce soit fini, avoua-t-elle en toute sincérité.

Il l'observa en silence, avec intensité. Ivy se sentait prise au piège, retenue sur place par sa main, tandis que ses yeux la pénétraient, l'envahissaient, tentaient de lire dans ses pensées.

— Je suis désolée, Gregory, murmura-t-elle pour rompre le silence. Vous étiez amis depuis si longtemps tous les deux. Je sais que c'est bien plus dur pour toi que pour nous autres.

Gregory continuait de la fixer.

— Tu as essayé de l'aider, poursuivit-elle. Tu as fait tout ce que tu as pu pour lui. Je le sais autant que toi.

Gregory inclina la tête et l'approcha du visage d'Ivy. La peau de celle-ci se hérissa. Pour ceux qui n'étaient au courant de rien, pour Andrew et Maggie qui les regardaient de loin, ils devaient donner l'impression de partager leur chagrin. Ivy, elle, eut le sentiment de voir de trop près un animal dont elle se méfiait, un chien qui ne mordait pas, mais qui l'intimidait en effleurant de ses crocs sa peau nue.

— Gregory !

Il était si absorbé par Ivy qu'il sursauta lorsque Suzanne lui posa une main sur la nuque. Ivy en profita pour s'écarter et Gregory n'eut d'autre choix que de la libérer.

« Il est aussi nerveux que moi », se dit Ivy en le regardant s'éloigner avec Suzanne vers les voitures garées le long de l'allée. Beth et Will leur emboîtèrent le pas et Ivy les suivit lentement. Elle remarqua alors du coin de l'œil que la sœur d'Eric se hâtait vers elle.

Dans sa déposition à la police, Ivy avait déclaré avoir découvert la voiture par hasard au cours d'une promenade avec Will. Une fois informés du décès de leur fils, M. et Mme Ghent l'avaient appelée pour lui demander de plus amples détails. Ivy se prépara donc à une nouvelle salve de questions.

— Ivy Lyons ? lança Christine Ghent.

Elle avait les joues roses et lisses, et son épaisse chevelure luisait sous la pluie. Elle était décidément le portrait craché de son frère, à la différence qu'elle respirait la santé.

— Oui, répondit Ivy. Je suis désolée, Christine, pour toi et pour ta famille.

Christine accueillit le message de sympathie avec un hochement de tête.

— Tu... tu devais être très proche d'Eric, dit-elle alors.

— Pardon ? s'étonna Ivy.

— Quelqu'un de spécial pour lui. C'est ce que j'en ai déduit.

Ivy la dévisagea, l'air perplexe.

— Sinon, il ne t'aurait pas laissé ce que j'ai trouvé. Quand... quand on était petits, ajouta Christine d'une voix tremblante, on se cachait des messages au grenier, dans un endroit secret. C'était une boîte en carton sur laquelle on avait écrit : « Attention ! Grenouilles ! Ne pas ouvrir ! »

Christine rit, tandis que des larmes perlaient dans ses yeux. Ivy patienta poliment, malgré son impatience de comprendre où la sœur d'Eric voulait en venir.

— Avant l'enterrement, je ne sais pas pourquoi, je suis montée au grenier pour regarder dans cette boîte, reprit Christine. Je ne m'attendais pas à y découvrir quoi que ce soit. On ne s'en était pas servis depuis des années. Mais j'y ai trouvé une note à mon intention. Et ça.

Elle sortit de son sac à main une enveloppe grise, sur laquelle était écrit : « S'il m'arrive quoi que ce soit, donne ça à Ivy Lyons. »

Ivy écarquilla les yeux.

— Tu ne t'y attendais pas ? s'exclama Christine. Tu ne sais pas ce qu'elle pourrait contenir ?

— Non, concéda Ivy.

Elle prit l'enveloppe cachetée. Il y avait en son centre une petite bosse, comme si l'on avait glissé à l'intérieur un objet dur enveloppé dans du coton. L'extérieur intrigua Ivy encore davantage. Par-dessus le nom et l'adresse d'Eric proprement tapés à la machine, on avait griffonné en grosses lettres le nom d'Ivy. Quant à l'adresse de l'expéditeur, elle mentionnait Caroline Baines. Christine remarqua la surprise d'Ivy.

— C'est sans doute une vieille enveloppe qu'Eric a récupérée dans ses affaires.

Ce n'était pas le cas. Ivy consulta la date de l'affranchissement : 28 mai, le jour de l'anniversaire de Philip. Le jour où Caroline était morte.

— Tu ne savais peut-être pas que Caroline et lui étaient très proches, poursuivit Christine. Il la considérait comme une seconde mère.

— Vraiment ? s'étonna Ivy.

— Il ne s'est jamais entendu avec la nôtre, expliqua Christine. J'ai six ans de plus que lui et, parfois, je le gardais quand elle partait travailler à New York et qu'elle rentrait tard. Mais, la plupart du temps, il allait chez les Baines et Caroline est devenue sa confidente. Même après le divorce, alors que Gregory ne vivait plus avec elle, Eric a continué de lui rendre visite, souvent.

— Je ne le savais pas.

— On regarde ce qu'il y a dedans ? demanda Christine en posant des yeux curieux sur l'enveloppe.

Ivy en déchira un coin et glissa son doigt sous le rabat pour le décoller.

— Si c'est personnel, prévint-elle, je ne te montrerai peut-être rien.

La sœur d'Eric acquiesça d'un signe de tête.

Il n'y avait pas de note, mais seulement, comme Ivy s'en était doutée, un objet dur enveloppé dans un mouchoir en papier. Elle déplia ce dernier. Il renfermait une clé d'environ cinq centimètres de long, se finissant d'un côté par un ovale métallique décoré d'un motif en dentelle, et de l'autre, par le panneton, un simple cylindre creux terminé par deux petits crans.

— Tu as une idée de ce que ça pourrait être ? demanda Christine.

— Non, répondit Ivy. Et il n'a laissé aucune explication.

— Alors, c'était peut-être un accident, reprit Christine en se mordant la lèvre. Si Eric avait prévu de se tuer, il aurait laissé un mot, n'est-ce pas ? ajouta-t-elle avec une teinte d'espoir dans la voix.

« À moins qu'on ne l'ait assassiné avant qu'il ait le temps de le faire », songea Ivy tout en hochant la tête en signe d'assentiment.

— Eric ne s'est pas suicidé, affirma-t-elle alors d'un ton ferme.

Le regard de Christine Ghent s'emplit de gratitude et Ivy rougit. « Si seulement elle savait qu'il est probablement mort à cause de moi », se dit-elle.

Elle rangea la clé, referma le rabat et plia l'enveloppe en deux. Tout en glissant cette dernière dans la poche de son imperméable, elle assura à la sœur d'Eric qu'elle la tiendrait au courant si elle retrouvait l'objet que cette clé permettait d'ouvrir. Christine la remercia de son amitié pour son frère, ce qui fit rougir Ivy encore plus.

Le feu toujours aux joues, elle rejoignit Will et Beth qui l'avaient attendue, serrés sous un parapluie à quelques mètres de là.

— Qu'est-ce qu'elle t'a dit ? lui demanda Will en l'attirant à lui.

— Elle... euh... voulait me remercier d'avoir été une si bonne amie pour son frère, marmonna Ivy.

— Alors ça... souffla Beth.

— C'est tout ? s'enquit Will.

On aurait dit Gregory lorsqu'il essayait de lui soutirer des informations.

— Vous avez parlé longtemps, reprit-il. C'est vraiment tout ce qu'elle t'a dit ?

— Oui, mentit Ivy.

Les yeux de Will se dirigèrent vers la poche dans laquelle elle avait rangé la clé. Il avait dû remarquer l'échange, sans compter qu'un coin de l'enveloppe dépassait. Mais il n'insista pas davantage.

Comme le lycée les avait dispensés de cours ce jour-là, ils décidèrent d'aller déjeuner chez Celentano. Tout en consultant le menu, Ivy se demanda ce que Will pensait et s'il soupçonnait Gregory. Au commissariat le lundi précédent, il l'avait laissée parler, puis avait fait la même déposition qu'elle. Ni l'un ni l'autre n'avaient mentionné le rendez-vous secret qu'Eric avait fixé à Ivy. Celle-ci ressentait maintenant le besoin d'en parler avec Will. Si elle le regardait dans les yeux, elle ne résisterait pas.

— Comment ça va ? leur demanda Pat Celentano.

La plupart des clients étaient partis, mais la propriétaire de la pizzeria avait parlé d'une voix plus discrète qu'à l'accoutumée.

— La matinée a dû être rude pour vous, ajouta-t-elle.

Elle prit la commande et posa sur leur nappe en papier un panier supplémentaire de stylos et de crayons.

Will, dont plusieurs dessins étaient déjà exposés au mur, se mit à l'œuvre immédiatement. Ivy se contenta de griffonner. Quant à Beth, elle commença une chaîne de mots en rime qu'elle se murmurait au fur et à mesure.

— Oh, pardon ! lança-t-elle soudain.

Elle venait d'empiéter sur le dessin de Will.

Lui écrivait et illustrait des petits textes humoristiques. Beth et Ivy, la tête penchée, les lurent en riant doucement. Will les étudia un instant et commença leur portrait. Il les déguisa en filles de saloon, en s'inspirant des costumes dans lesquels il les avait prises en photo le jour du Festival de Stonehill quelques semaines plus tôt. Il intitula son œuvre « Les belles de Virginia City ».

— Tu as oublié quelques courbes, lui fit remarquer Beth en pointant le doigt vers le croquis représentant Ivy. Sa robe était beaucoup plus moulante que ça, pas autant que le pantalon que tu portais, mais tout de même...

Ivy sourit et se remémora le quiproquo que Lacey avait causé en parlant avec sa voix désincarnée.

— Quel magnifique postérieur ! lança-t-elle en même temps que Beth.

Tous trois éclatèrent de rire. Mais, aussitôt, Ivy se couvrit la bouche et fondit en larmes.

Will et Beth attendirent dans un silence compréhensif qu'elle s'apaise. Puis Will lui prit la main, la posa sur la nappe en papier et en dessina le contour. Ivy trouva réconfortant le frôlement du crayon contre sa peau. Ensuite, Will positionna sa propre main en biais par rapport à la sienne et répéta la même opération.

Lorsqu'il eut terminé, Ivy contempla le résultat.

— Des ailes... murmura-t-elle avec un sourire ténu. Un papillon, ou un ange.

Will se redressa sur sa chaise. Ivy aurait aimé se rapprocher de lui pour poser la tête sur son épaule. Elle ressentait l'envie de lui raconter tout ce qu'elle savait et de lui demander son aide. Or elle ne pouvait se résoudre à le mettre en danger. À cause d'elle, un garçon qu'elle aimait de tout son cœur avait déjà été assassiné. Elle ne laisserait pas le même sort s'abattre sur... Ivy s'arrêta, confuse.

... sur l'autre garçon qu'elle... aimait ?

Chapitre 9

Plus tard ce même après-midi, Will et Beth déposèrent Ivy devant chez elle, mais elle n'entra pas dans la maison. L'enveloppe d'Eric toujours dans la poche, elle monta dans sa propre voiture et démarra. Après une heure passée à errer sans but précis le long de petites routes qui suivaient la rivière vers le nord, puis à traverser le pont, à repartir vers le sud et à revenir en boucle sur la première berge, Ivy finit par se garer devant le parc situé au bout de la rue principale de Stonehill.

La pluie avait cessé de tomber. Le parc, désert, était inondé de lumière en cette fin de journée où les rayons obliques du soleil perçaient les nuages bleu-noir et faisaient briller l'herbe d'un vert luisant. Ivy s'approcha du kiosque en bois et des souvenirs du festival lui revinrent. Gregory l'avait regardée jouer, installé d'un côté de la pelouse, et Will, de l'autre. Mais c'était la présence de Tristan qu'elle avait sentie. Avait-il été présent aussi ce jour-là ? Elle avait interprété au piano la *Sonate au clair de lune* de Beethoven. Tristan avait-il compris qu'elle le faisait pour lui ?

« J'étais là. Et j'avais compris. »

Ivy baissa les yeux vers ses mains. Elles brillaient d'un pâle reflet lumineux.

— Tristan, murmura-t-elle doucement en souriant.

Elle avait l'impression que sa voix l'illuminait de l'intérieur.

— Ivy, à quoi essayais-tu d'échapper ?

La question la prit au dépourvu.

— Quoi ?

— Pourquoi est-ce que tu as pris ta voiture ?

— Pour conduire, c'est tout.

— Tu étais triste.

— Je voulais réfléchir. Mais je n'y suis pas arrivée, avoua-t-elle.

— À quoi voulais-tu réfléchir ?

— À toi.

Ivy caressa le bois lisse et humide de la balustrade sur laquelle elle s'était assise.

— Tu es mort à cause de moi. Je le savais, mais je ne voulais pas regarder la vérité en face. Maintenant, je me rends compte qu'Eric est sans doute mort à cause de moi aussi. Et j'ai pris conscience de ce qui pourrait arriver à Will s'il apprenait la vérité.

— Il l'apprendra d'une façon ou d'une autre, lui fit remarquer Tristan.

— On doit l'empêcher de la découvrir ! s'exclama Ivy. Il ne faut pas le mettre en danger.

— Si c'est vraiment ton sentiment, lui rétorqua Tristan

sèchement, tu n'aurais pas dû laisser ton imperméable près de lui chez Celentano.

Ivy plongea vivement la main dans sa poche. L'enveloppe s'y trouvait toujours, pliée en deux, mais, lorsqu'elle l'en sortit, elle découvrit que le rabat était soulevé.

— Il l'a ouverte dès que Beth et toi avez tourné le dos.

Ivy ferma les yeux. Elle se sentait trahie.

— Peut-être... peut-être que j'aurais été aussi curieuse que lui, avança-t-elle sans conviction.

— Tu as une idée de l'objet que cette clé pourrait ouvrir ?

Ivy retourna l'enveloppe dans ses mains.

— Une petite boîte ? Une sorte de placard ? suggéra-t-elle. Chez Caroline, ajouta-t-elle en relisant l'adresse. Tu pourrais entrer chez elle ?

— Sans problème, et je pense même pouvoir matérialiser mes doigts pour soulever le loquet de l'intérieur et te laisser entrer. Garde bien cette clé avec toi et on finira par trouver ce qu'Eric voulait que tu saches. Par contre, pas aujourd'hui.

— Ça ne va pas ? demanda Ivy en entendant la tension dans sa voix.

— Je suis fatigué. Très fatigué.

— Les ténèbres... murmura-t-elle, effrayée.

Tristan lui avait expliqué qu'un jour, il ne reviendrait certainement plus de ce trou noir dans lequel il tombait.

— Ne t'inquiète pas, la rassura-t-il. J'ai juste besoin de repos. C'est que tu me prends beaucoup d'énergie, tu sais, ajouta-t-il en riant.

« À cause de moi, songea Ivy. Il est mort à cause de moi, et maintenant… »

— Ivy, arrête, lui dit Tristan, tu ne dois pas penser ça.

— Mais je le fais, lui répondit-elle. C'était moi qui devais mourir. Sans moi…

— Sans toi, je n'aurais jamais su ce que c'est que d'aimer. Sans toi, je n'aurais jamais connu de lèvres aussi douces.

Ivy brûlait de l'embrasser.

— Tristan, souffla-t-elle, tremblante d'émotion, si je mourais, je pourrais te rejoindre.

Il resta silencieux. Elle sentit que leurs pensées s'entremêlaient, confuses, que leurs émotions s'agitaient, chacun pesant le pour et le contre de son côté.

— Je pourrais rester avec toi à jamais, reprit-elle.

— Non.

— Si !

— Ce n'est pas une solution, trancha-t-il. Tu le sais aussi bien que moi.

Ivy se redressa et fit le tour du kiosque. La présence de Tristan en elle avait supplanté la beauté de cette journée d'automne. Les odeurs de terre trempée, les rubans d'herbe émeraude et les premières feuilles écarlates s'étaient effacés tels des objets à la périphérie de son champ de vision.

— On ne m'aurait pas renvoyé ici pour t'aider, poursuivit Tristan. On n'aurait pas fait de moi un ange s'il n'était pas important que tu vives. Ivy, je veux que tu sois mienne… ajouta-t-il, la voix emplie de douleur, mais tu ne le seras pas.

— Tu te trompes ! s'écria-t-elle à voix haute.

— Nous sommes sur les berges opposées d'une rivière,

qu'aucun de nous deux ne peut traverser. Tu es destinée à quelqu'un d'autre.

— Je t'étais destinée, gémit-elle.

— Chut...

— Je ne veux pas te perdre, Tristan !

— Chut, chut... Écoute, Ivy, je sens que je vais bientôt tomber dans les ténèbres et que je risque de rester absent un long moment cette fois.

Ivy allait et venait d'un pas nerveux.

— Calme-toi. Je dois y aller. Calme-toi.

Le silence s'installa. Ivy resta immobile, incertaine. L'air autour d'elle se mit à vibrer d'une lumière dorée. Elle sentit des mains la toucher, des mains douces, qui lui prirent délicatement le visage, lui soulevèrent le menton. Tristan l'embrassa. Leurs lèvres se touchèrent, réellement, le temps d'un long baiser d'une insoutenable tendresse.

— Ivy...

Elle ne l'entendait déjà plus, mais elle sentit son prénom comme un souffle sur sa joue.

— Ivy.

Il disparut.

Chapitre 10

Ivy mit des pendants d'oreilles, essuya la traînée de mascara sous son œil et fit un pas en arrière pour s'étudier dans le miroir.

— Tu es sexy.

— Je suis sûre que cette expression-là ne te vient pas d'Andrew ! s'esclaffa Ivy en découvrant le reflet de son frère à côté du sien. Comment sais-tu à quoi ressemble quelqu'un de sexy de toute façon ?

— C'est moi qui le lui ai expliqué.

Ivy pivota sur ses talons. Gregory était nonchalamment appuyé contre le chambranle de la porte. Depuis la mort d'Eric près d'une semaine plus tôt, Ivy ressentait la présence constante de Gregory comme celle d'un ange maléfique.

— En plus, il a raison, tu es drôlement sexy, ajouta Gregory en la détaillant lentement de la tête aux pieds.

« J'aurais peut-être dû mettre une jupe plus longue, songea Ivy, ou un haut moins décolleté. »

Cependant, elle était déterminée à se rendre à l'anniversaire de Suzanne pour prouver à tous qu'elle n'était ni déprimée ni prête à prendre la voie suicidaire qu'ils pensaient tous qu'Eric avait choisie. Suzanne avait maintenu sa soirée, bien qu'elle ait lieu le lendemain même de l'enterrement. Ivy l'y avait encouragée en argumentant qu'elle serait bénéfique pour tout le monde – les autres élèves avaient envie et besoin de se retrouver.

— Les couleurs, c'est ça qui te rend sexy, reprit Philip, désireux de se montrer expert en la matière.

— Mes félicitations, monsieur le professeur, dit Ivy en glissant un regard vers Gregory.

— J'ai fait de mon mieux, répondit ce dernier en riant avant de lever la main et d'agiter son trousseau de clés.

Sans lui répondre, Ivy prit tranquillement ses propres clés, puis son sac.

— Ivy, c'est ridicule, lança Gregory. Pourquoi prendre deux voitures alors qu'on va au même endroit ?

Ils avaient déjà eu une discussion à ce sujet durant le dîner.

— Je te l'ai déjà dit, je partirai probablement avant toi.

Elle attrapa son cadeau pour Suzanne et éteignit la lampe sur sa coiffeuse.

— Tu sors avec l'organisatrice de la soirée, reprit-elle. Tout le monde partira probablement avant toi.

— Peut-être, sourit Gregory en haussant les épaules, mais, si tu veux rentrer plus tôt, il y aura plein de gars là-bas qui se feront un plaisir de te raccompagner.

— Parce que tu as l'air sexy, intervint Philip.

— Exactement, approuva Gregory avec un clin d'œil.

Philip sauta du lit de sa sœur en utilisant un de ses foulards en guise de parachute et disparut en sautillant dans la salle de bains commune à leurs deux chambres.

Gregory resta sans bouger.

— C'est ma façon de conduire qui te dérange tant que ça ? demanda-t-il à Ivy en posant la main sur le côté opposé du chambranle, barrant ainsi du bras la sortie. Si je m'écoutais, je me dirais que tu as peur de venir avec moi.

— Pas du tout, répondit Ivy.

— Tu as peut-être peur d'être seule avec moi, alors.

— Bon, d'accord ! abdiqua Ivy en s'approchant de lui d'un pas vif.

Elle lui baissa fermement le bras, le prit par les épaules, l'obligea à se tourner et le poussa en avant d'un coup.

— Il faut y aller, on va être en retard, déclara-t-elle. Tu as intérêt à avoir assez d'essence dans ta BM.

L'air satisfait, Gregory se retourna pour lui prendre la main et se serra contre elle, près, beaucoup trop près. Tandis qu'ils descendaient ainsi l'escalier, le cœur d'Ivy battit fort dans sa poitrine : elle ne voulait vraiment pas faire le trajet avec Gregory. Lorsqu'elle monta dans sa voiture, elle aurait préféré qu'il ne se montre pas si attentionné. Cette façon qu'il avait de la toucher constamment et sans raison lui mettait les nerfs à vif.

Une fois installé au volant, il démarra lentement tout en continuant à la regarder. Puis, lorsqu'ils arrivèrent en bas de l'allée, il déclara soudain :

— Et si on n'allait pas chez Suzanne ?

— Quoi ? s'exclama Ivy, en s'efforçant de dissimuler son appréhension croissante par une expression d'incrédulité. Suzanne et moi, on est amies depuis l'âge de sept ans et tu crois que je manquerais son anniversaire ? Avance ! ordonna-t-elle. Direction Lantern Road. Sinon, je descends.

Gregory obtempéra, non sans poser une main sur le genou d'Ivy. Un quart d'heure plus tard, Suzanne leur ouvrait la porte.

— Il a insisté pour que je vienne avec lui, dit aussitôt Ivy en voyant le sourire de son amie s'effacer. Tu sais bien qu'il fait tout pour te rendre jalouse.

Gregory lui jeta un regard surpris, tandis que Suzanne éclatait de rire, l'air rassuré.

— Tu es superbe, lui dit Ivy en lui tendant les bras.

Suzanne hésita un instant avant de se laisser embrasser.

— Où est-ce qu'on met les cadeaux ? lui demanda Ivy tandis qu'un groupe d'invités sortait d'une Jeep derrière eux.

— Au bout du couloir, lui indiqua Suzanne en pointant le doigt vers une table couverte d'une pile impressionnante de paquets enrubannés.

Ivy se hâta d'entrer, heureuse de s'éloigner de Gregory. Le long couloir central débouchait sur une salle de séjour qui occupait l'arrière de la maison des Goldstein. Sur toute sa longueur, elle était vitrée de portes-fenêtres donnant sur une terrasse prolongée par une pelouse qui descendait en pente douce vers un étang. L'air était tiède en cette soirée de septembre, et les invités s'étaient dispersés sur l'ensemble de la propriété.

Une fois dehors, Ivy remarqua Beth assise sur une balançoire, en grande conversation avec deux *cheerleaders*. Ces dernières parlaient en même temps avec volubilité et la tête de Beth allait de l'une à l'autre comme si elle assistait à un match de tennis.

Puis Ivy aperçut Will du coin de l'œil. Il était installé sur les marches de la terrasse avec une fille aux cheveux auburn, celle qui l'accompagnait six semaines plus tôt lorsque Ivy l'avait rencontré dans le centre commercial. « Ça, c'est une fille sexy », se dit Ivy.

— J'aimerais bien pouvoir lire dans les pensées, murmura Gregory en lui effleurant le bras avec un verre froid.

Ne la laisserait-il donc jamais en paix ?

— Qu'est-ce que tu fais ? reprit-il. Tu lui jettes un sort ?

— Non, je me disais juste qu'elle, c'est une fille qui a l'air sexy.

Gregory observa l'amie de Will un moment avant de hausser les épaules.

— Oui... certaines en ont l'air, mais ne sont que des allumeuses. Alors que d'autres, qui te battent froid, qui se font désirer... qui sont glaciales, ajouta-t-il en regardant Ivy avec des yeux rieurs, sont vraiment sexy. Vraiment, vraiment, chuchota-t-il en s'approchant d'elle.

— Je suis comme Philip, j'apprends toujours quelque chose avec toi, lui répondit Ivy avec un sourire innocent.

Gregory s'esclaffa.

— Quelque chose à boire ? proposa-t-il en lui tendant un gobelet en plastique qu'il tenait dans la main gauche.

— Je n'ai pas soif, mais merci quand même.

— Dommage, je l'avais pris pour toi ! Quand j'ai vu que tu étais seule et que tu espionnais Will...

— Je ne l'espionnais pas, protesta Ivy.

— D'accord, tu espionnais sa copine... Elle s'appelle Samantha, si tu veux tout savoir... J'ai pensé qu'un verre pourrait t'aider à te calmer.

— Merci, finit par accepter Ivy en faisant un geste pour prendre le gobelet que Gregory tenait dans la main droite.

Était-ce son imagination ou hésita-t-il à le lui donner ? Ivy n'avait pas oublié la mise en garde de Lacey. Mais elle n'eut pas d'autre choix que de prendre ce que Gregory lui offrait.

— Bon, à plus tard, annonça-t-elle avec désinvolture en s'éloignant.

— Où vas-tu ?

— Me promener. Je n'ai pas mis cette jupe courte pour rien.

— Je peux venir ?

— Bien sûr que non ! s'esclaffa-t-elle comme s'il lui avait posé une question qu'il savait lui-même être stupide. Comment veux-tu que je trouve un prince charmant si tu es avec moi ?

Elle s'efforçait de plaisanter, mais, intérieurement, elle était très tendue et se sentait l'estomac noué à chaque inspiration.

À son grand soulagement, Gregory ne la suivit pas. Une fois hors de son champ de vision, elle vida le contenu du gobelet dans l'herbe. Puis elle flâna parmi les invités. Elle sourit à tous les garçons qui semblaient rechercher un public, s'arrêta pour les écouter, sans jamais oublier de rester loin de Gregory. Ainsi que de Will. Elle ne revit ni l'un ni l'autre jusqu'au moment où Suzanne s'apprêta à souffler ses dix-sept bougies.

Pour cet événement, Suzanne demanda à Ivy et à

Gregory de venir l'entourer. Mme Goldstein, qui surveillait le déroulement de la fête depuis une fenêtre à l'étage – sans ses lunettes de vue, avait-elle précisé –, descendit pour apporter le gâteau, avant de passer à une interminable séance photo.

— Maintenant, prenez-la tous les deux par la taille, ordonna-t-elle à Ivy et à Gregory. Magnifiques ! Vous êtes magnifiques !

Elle appuya sur le déclencheur.

— Attendez ! reprit-elle avant de secouer son appareil en marmonnant quelques mots. Ne bougez pas !

Ivy et Gregory obtempérèrent, si ce n'est que, dans le dos de Suzanne, Gregory avait entrepris de caresser lentement le bras d'Ivy de bas en haut avec un doigt. Puis avec deux. Ivy avait envie de hurler. Envie de le frapper.

— Souriez...

Clic.

— Une petite dernière, Ivy... ! lança Mme Goldstein.

Clic.

Les photos enfin prises, Ivy s'efforça néanmoins de ne pas se dégager trop vite. Il lui était revenu à l'esprit le rêve que Philip lui avait raconté sur ce train – le serpent d'argent – qui chercherait à l'avaler. « Il ne faut pas non plus lui montrer que tu as peur, lui avait-il dit, parce qu'il le sentirait. »

Suzanne coupa le gâteau et Ivy distribua les parts. Lorsqu'elle servit Gregory, celui-ci lui effleura le poignet et ne prit l'assiette que lorsque Ivy se fut résignée à le regarder et à lui sourire.

Puis vint le tour de Will.

— On a du mal à se croiser ce soir, lui dit-il.

Elle s'apprêtait à lui donner deux assiettes et à lui

demander de la rejoindre près de l'étang, quand elle remarqua Samantha juste derrière lui.

— Il y a du monde, hein ? minauda-t-elle en adressant un sourire à la fille aux cheveux auburn.

Quinze minutes plus tard, Ivy prit place sur un banc à cinq ou six mètres de l'étang et entama sa part de gâteau tout en observant Menthe. Le petit loulou de Poméranie de Suzanne, qu'on toilettait tout le temps et qui n'avait le droit de sortir qu'au bout d'une laisse, avait profité de cette soirée de liberté pour s'échapper de la maison. Elle s'amusait à creuser des trous dans la boue au bord de l'étang. Puis, soudain, elle entra dans l'eau, d'abord prudemment, avant de plonger et de s'éloigner en barbotant.

Un groupe de garçons et de filles qui se trouvaient là essayèrent de la faire revenir sur le bord en lui montrant de loin des bâtons qu'ils feignaient de lancer, mais Menthe était aussi obstinée que sa maîtresse. Ivy décida de l'appeler... et ne se rendit compte de son erreur que trop tard. Menthe connaissait bien Ivy. Elle l'aimait beaucoup aussi. Sans compter qu'elle adorait les pâtisseries. La petite chienne arriva en courant, sauta d'un bond sur les genoux d'Ivy, puis lui plaqua ses pattes boueuses sur le buste pour lui lécher le visage. Satisfaite, elle se laissa retomber d'un coup et s'ébroua pour sécher son pelage trempé.

— Hé, Menthe ! s'écria Ivy en s'essuyant le visage.

La petite chienne en profita pour lui dérober d'un seul coup de langue ce qui restait de sa part de gâteau.

— Alors, toi, petit goinfre !

Un éclat de rire s'éleva et Will apparut à côté d'Ivy.

— Je regrette que la mère de Suzanne n'ait pas été là avec son appareil, s'esclaffa-t-il.

— Et je regrette que tu n'aies pas appelé Menthe avant moi, lui répondit Ivy.

— Je vais chercher des serviettes, annonça-t-il en riant toujours. Pour elle, et pour toi.

En moins de temps qu'il n'en faut pour le dire, il revint chargé d'une pile de serviettes-éponge, certaines sèches, d'autres mouillées. Il prit Menthe sur lui et s'occupa de la sécher pendant qu'Ivy essayait de nettoyer sans grand succès les taches de boue sur sa jupe et sur son haut.

— On devrait peut-être te jeter à l'eau, tout simplement. Ça unifierait les couleurs, lui suggéra Will, toujours hilare.

— Bonne idée. Par contre, tu veux bien t'y jeter en premier pour me donner une idée de la profondeur de l'étang ?

Will regarda Ivy de ses yeux rieurs. Un léger silence s'installa entre eux et c'est avec un sourire soudain plein de tendresse qu'il approcha une serviette de la joue d'Ivy.

— Tu as de la boue dans les cheveux aussi, lui dit-il doucement.

Parfaitement immobile, Ivy se laissa faire tandis qu'il essuyait délicatement mèche après mèche. Lorsqu'il eut terminé, Ivy sentit une vague de regrets monter en elle. Elle aurait souhaité qu'il continue.

Embarrassée, elle baissa rapidement les yeux vers sa jupe et s'attaqua à une tache avec fébrilité. Will, lui, posa Menthe par terre entre eux. La petite chienne le regarda en remuant la queue.

— Je suis sûre que tu aimerais être à ma place.

Surpris, Ivy et Will se tournèrent vivement vers

Menthe en même temps et, ce faisant, se cognèrent la tête.

— Aïe ! s'exclamèrent-ils en riant.

— Si tu étais moi, Will, reprit la petite chienne, tu pourrais sauter dans les bras d'Ivy.

Celle-ci, qui avait aussitôt reconnu la voix, chercha alentour un miroitement de couleur mauve.

— Tu aurais le droit de poser la tête sur ses genoux et de te laisser caresser. Je sais que ça te plairait.

Ivy glissa un regard gêné vers Will, qui, lui, semblait à son aise.

— Tu peux mettre des mots dans la bouche d'un chien, l'ange, mais pas dans la mienne, dit-il avec un petit sourire en regardant Menthe.

— Oh, là, là… Tu as beau avoir un joli postérieur, tu n'es franchement pas drôle ! lança Lacey.

— Je croyais que mon postérieur était magnifique ? la taquina Will.

Lacey éclata de rire et Ivy finit par comprendre qu'elle était derrière eux. Le halo fit le tour du banc.

— Vous me décevez, tous les deux, déclara Lacey. J'attends que vous vous décidiez, moi, au lieu de marcher sur des œufs. Vous parlez d'une histoire d'amour ! C'est zéro sur toute la ligne. Je préfère rejoindre ceux qui sont au bord de l'étang. Ils ont l'air plus drôles.

— Amuse-toi bien, lui répondit Will.

— Quelque chose me dit que Menthe ne sera pas la seule à finir dans l'eau ce soir, chuchota Ivy.

Aussitôt, le halo mauve revint dans leur direction.

— Alors ça, on a les mêmes pensées, poupée ! s'étonna Lacey. Mais comme Tristan se repose encore dans son trou noir, je vais tâcher de bien me tenir ce soir. Quand il n'est pas là pour me faire des reproches, mes petites blagues perdent de leur charme.

Ivy sourit tristement.

— Figure-toi qu'il me manque aussi, fit observer Lacey d'une voix qu'Ivy trouva empreinte de nostalgie.

Toutefois, le ton théâtral refit vite son apparition :

— Oh, oh... Attention, attention, à trois mètres derrière vous, voici l'autre poupée, avec un grand P. Mesdames et messieurs, je vous tire ma révérence.

Suzanne apparut et le halo mauve s'éloigna, non sans faire dire à Menthe :

— Maman, je suis allée nager. Je me suis bien amusée !

— Oh, Menthe, Menthe ! s'exclama Suzanne en touchant le poil mouillé de la petite chienne. Tu n'es qu'une vilaine. Je vais t'enfermer dans ta niche.

C'est alors qu'elle remarqua les taches de boue sur les vêtements d'Ivy.

— Oh, non !

— Tu vas m'envoyer à la niche aussi ? plaisanta Ivy, déclenchant un nouvel éclat de rire chez Will.

— Je suis vraiment désolée, s'excusa Suzanne. Menthe, tu n'es pas gentille !

La petite chienne baissa la tête d'un air contrit, avant de la redresser en remuant la queue dès que sa maîtresse la quitta des yeux.

— Elle n'y peut rien, c'est moi qui l'ai appelée, annonça Ivy. Il n'y a rien de grave, un peu de savon fera l'affaire.

— Je vais t'en chercher.

— Non, ne te dérange pas, dit Ivy en se levant.

— Si tu préfères tout mettre à la machine, reprit Suzanne, monte dans ma chambre et sers-toi dans mes affaires. Tu sais où trouver les vêtements propres.

— Pas par terre ! s'esclaffèrent-elles en même temps.

Alors qu'Ivy s'éloignait, elle entendit Suzanne demander à Will comment il faisait pour imiter la voix d'un chien. Elle souriait encore lorsqu'elle entra dans la maison. Une fois à l'intérieur, cependant, elle se hâta d'emprunter le couloir tout en vérifiant que Gregory ne l'avait pas vue.

Dès qu'elle eut atteint la chambre de Suzanne, elle se sentit rassurée. Elle avait passé tant d'heures dans cette pièce carrée, à parler, à lire des magazines, à faire des essais de maquillage... Le mobilier ciré en bois foncé était posé sur une magnifique moquette à longs poils blancs. Suzanne et Ivy disaient toujours en plaisantant que le meilleur moyen de ne pas la salir était de marcher sur les vêtements que Suzanne laissait traîner. Ce jour-là, toutefois, Ivy ôta ses chaussures. À l'exception d'un chemisier transparent non plié, la chambre était rangée et le couvre-lit en soie verte bien lissé. Ivy retira son haut taché, enfila le chemisier laissé par Suzanne sans la boutonner, et se dirigea vers la salle de bains.

Le savon vint rapidement à bout des taches. Ivy essora son haut en maille dans une serviette, puis le posa sur un cintre. Elle installa le sèche-cheveux comme elle avait déjà vu Suzanne le faire, le flux de chaleur dirigé vers le vêtement à sécher. Puis elle repartit devant le lavabo, où elle remonta sa jupe en denim clair. Elle commençait à peine à frotter lorsqu'elle sentit son chemisier se soulever sous un souffle d'air chaud. Levant rapidement la tête vers le miroir, elle y découvrit le reflet de Gregory, sèche-cheveux en main. Il riait.

Ivy referma vivement le chemisier.

— C'est mon haut qui doit sécher, pas moi, lâcha-t-elle d'une voix glaciale.

Gregory éteignit le sèche-cheveux et le laissa tomber.

— Je commence à perdre patience, dit-il tandis que l'appareil se balançait au bout de son fil électrique.

Ivy le regarda avec des yeux écarquillés.

— J'en ai assez de te courir après.

— Je ne comprends pas pourquoi tu persistes à le faire, lui répondit-elle en se mordant la lèvre.

Tête penchée en arrière, il l'étudia un moment, comme quelqu'un pesant le pour ou le contre d'une décision. Puis il s'approcha. Il sentait l'alcool.

— Menteuse, lui chuchota-t-il à l'oreille, tous les gars là-dehors te courraient après s'ils pensaient avoir une chance.

Ivy réfléchit vite. Gregory avait-il trop bu ? À quel jeu jouait-il ?

Il la prit dans ses bras et Ivy sentit une peur irraisonnée monter en elle. Incapable de se dégager de son emprise, elle choisit de feindre. Elle lui mit les mains sur la taille et tâcha de l'attirer hors de l'espace isolé de la salle de bains. Elle avait laissé la chambre ouverte et, si elle parvenait à l'emmener là où on pourrait les voir et les entendre…

Gregory n'opposa aucune résistance et Ivy comprit vite pourquoi. Il avait fermé la porte. Il poussa Ivy vers le lit.

« Il ne peut pas me tuer, pas ici, raisonna-t-elle en reculant malgré elle. Il serait démasqué tout de suite. Ses empreintes sont sur le sèche-cheveux et sur la porte. En plus, n'importe qui pourrait entrer. »

Gregory était si près d'elle qu'elle ne voyait pas son visage.

Mais, lorsqu'elle finit par basculer sur le lit, elle découvrit que ses yeux gris luisaient comme des charbons ardents et qu'il avait le feu aux joues.

« Il est trop rusé pour tirer un pistolet de sa poche, se dit Ivy. Il va certainement me forcer à avaler un cachet. »

Gregory s'allongea sur elle et lui bloqua les bras en riant, tandis qu'elle se débattait pour essayer de se libérer.

— Je t'aime, souffla-t-il alors d'une voix rauque.

Ivy se figea. Il releva la tête, ses yeux brûlant d'une lueur étrange.

— Je te veux. Je te veux depuis longtemps.

Était-ce une horrible mascarade ?

— Malgré ce que tu sais sur moi, reprit Gregory avec douceur, tu m'aimes quand même, pas vrai, Ivy ? Tu ne me ferais jamais de mal ?

Son ego pouvait-il être si énorme ? Gregory avait-il perdu la tête ?

« Non, songea Ivy. Il doit vouloir me mettre en garde. »

C'est alors qu'il lui posa la main sur le cou. Il caressa sa peau du doigt et s'arrêta sur son pouls. Un sourire se dessina sur ses lèvres.

— Qu'est-ce que je disais ? Rapide et passionné.

Il suivit lentement le tracé de son chemisier déboutonné. La peau d'Ivy se hérissa.

— La chair de poule ? remarqua-t-il d'un air satisfait.

Si, dans un mois, tu ne l'as plus quand je te prends ou que je t'embrasse, je saurai que tes sentiments pour moi ont changé.

Il croyait vraiment à ce qu'il racontait !

— Ce serait dommage, poursuivit-il en continuant de la caresser avec le dos de la main, parce que, à ce moment-là, il faudrait que je me décide sur le sort à te réserver.

Là-dessus, il se pressa contre elle et colla sa bouche sur la sienne.

« Ne résiste pas, pensa Ivy. Si tu veux rester en vie, simule. Anges, où êtes-vous ? »

Elle se laissa faire, bien que chaque parcelle de son être s'élevât en signe de protestation.

« Oh, anges, aidez-moi ! »

Les baisers de Gregory se firent de plus en plus passionnés, de plus en plus insistants.

N'y tenant plus, Ivy rassembla toutes ses forces et le poussa violemment. Surpris, il se redressa et elle en profita pour rouler en bas du lit, où elle rendit tripes et boyaux.

Lorsqu'elle se tourna vers Gregory, une main sur la bouche et prenant appui sur le dossier d'une chaise de l'autre, elle découvrit que son expression avait changé du tout au tout. Il avait enfin compris. Le rideau était levé. Le jeu, terminé. Il se leva et ses yeux révélèrent alors ce qu'il pensait réellement d'elle.

Mais avant que l'un ou l'autre n'ait le temps de prononcer un seul mot, la porte s'ouvrit en grand et Suzanne entra.

— Je savais bien que vous aviez disparu tous les deux !

Ses yeux se posèrent sur le lit froissé. Puis sur la moquette maculée.

— Quoi !

Gregory, lui, avait vite retrouvé ses esprits.

— Ivy a un peu trop bu, dit-il.

— C'est faux, je n'ai rien pris du tout, se hâta de protester Ivy.

— Elle ne supporte pas l'alcool, ajouta Gregory en s'approchant de Suzanne, les bras tendus.

Ivy se précipita derrière lui.

— Suzanne, s'il te plaît, écoute-moi.

— Je m'inquiétais pour elle et…

— Suzanne, on vient juste de se parler, implora Ivy. Tu as bien vu que je n'étais pas soûle !

Suzanne la fixait d'un regard vide.

— Réponds ! insista Ivy.

Les yeux distants de son amie l'effrayèrent. Son esprit était déjà empoisonné.

— Joli chemisier, commenta Suzanne sèchement. Tu n'as pas trouvé les boutons ?

Ivy les ferma lentement.

— Je suis monté voir si elle allait bien, reprit Gregory, et elle… enfin…

Il s'interrompit d'un air embarrassé.

— … bref, elle m'a sorti le grand jeu. Mais je suppose que ça ne te surprend pas trop.

— Non, c'est vrai, répondit Suzanne d'une voix froide.

— Suzanne, écoute-moi ! plaida Ivy. On est amies depuis l'enfance ; tu m'as toujours fait confiance…

— Cette fois, elle y est allée fort, la coupa Gregory en fronçant les sourcils. Ça doit être l'effet de l'alcool.

« Cette fois ? » s'insurgea Ivy intérieurement.

— Suzanne, je te jure qu'il ment !

— Tu l'as embrassé ? lui demanda Suzanne d'une voix tremblante en jetant un œil vers le lit. Oui ou non ?

— C'est lui qui l'a fait !

— Quel genre d'amie es-tu exactement ? s'écria Suzanne. On sait toutes les deux que tu lui cours après depuis la mort de Tristan.

— C'est lui qui me...

Ivy se tut. Le regard de Gregory était éloquent : elle avait perdu la bataille.

— Sors d'ici, bredouilla Suzanne, frissonnant de la tête aux pieds. Sors d'ici, Ivy, et ne reviens jamais.

— Je vais nettoyer...

— Va-t'en. Va-t'en ! hurla Suzanne.

C'était peine perdue. Ivy se retira, tandis que Suzanne, en pleurs, se jetait dans les bras de Gregory.

Chapitre 11

Ivy ne se demanda même pas comment elle rentrerait chez elle. Elle se précipita dans l'autre salle de bains qui se trouvait un peu plus loin dans le couloir et se rinça la bouche avec du dentifrice. Elle rentra le chemisier dans sa jupe. Puis elle descendit l'escalier quatre à quatre, attrapa son sac à main et sortit de la maison.

Elle s'efforçait de retenir ses larmes. Elle ne voulait pas qu'on raconte ensuite à Gregory à quel point elle avait l'air désespérée. Les mots de Philip lui revinrent encore une fois à l'esprit : « Il ne faut pas non plus lui montrer que tu as peur, parce qu'il le sentirait. »

Ivy était terrifiée – pour elle-même et pour ses amis. Ils pourraient à tout moment découvrir par hasard l'un des secrets de Gregory. Son ego et sa folie étaient assez surdimensionnés pour qu'il croie pouvoir réduire au silence, et sans conséquences, non seulement elle, mais également Suzanne, Will et Beth.

Ivy s'élança d'un pas vif le long de Lantern Road. Les maisons dans le quartier de Suzanne étaient éloignées les unes des autres et il n'y avait pas de trottoir. Ivy avait devant elle un kilomètre et demi dans le noir avant la prochaine intersection, puis trois de plus pour atteindre la ville. Seule la lueur jaune diffuse de la lune éclairait la route.

« Anges, ne m'abandonnez pas », pria-t-elle.

Elle avait parcouru un tiers environ du premier tronçon lorsque les phares d'une voiture s'approchèrent derrière elle à vive allure. Ivy sauta d'un bond derrière des buissons qui bordaient la route. Le véhicule s'arrêta dans un crissement de pneus quelques mètres plus loin. Ivy s'enfonça plus profondément sous les taillis. Le conducteur éteignit ses phares. Ivy observa la silhouette de la voiture au clair de lune : une Honda. C'était Will.

Il descendit et regarda autour de lui.

— Ivy ? appela-t-il.

Elle aurait voulu se précipiter hors des buissons et se jeter dans ses bras, mais elle se retint.

— Ivy, si tu es là, réponds-moi. Je veux savoir que tu vas bien.

Son esprit s'emballa. Que lui dire sans lui révéler entièrement la dangereuse vérité ?

— Ivy, parle-moi. Lacey m'a prévenu que tu avais des ennuis. Si je peux t'aider, dis-le-moi.

Malgré le peu de luminosité, l'inquiétude sur son visage était palpable. Ivy mourait d'envie de lui répondre, de se confier, de se blottir contre lui. Mais elle savait aussi qu'elle ne pouvait le mettre en danger. Elle cligna des yeux plusieurs fois pour atténuer la sensation de brûlure, puis elle rejoignit la route.

— Ivy, souffla-t-il.

— Je… je rentrais chez moi.

— C'est un raccourci ? lui demanda-t-il en jetant un coup d'œil vers les buissons.

— Tu pourrais peut-être me raccompagner, dit-elle doucement.

Il la dévisagea un instant, puis, sans un mot, lui ouvrit la portière de la Honda. Une fois qu'Ivy fut installée, il verrouilla la serrure de l'intérieur et referma. Se sentant enfin en sécurité, Ivy appuya la tête contre la vitre. Elle ne courait plus aucun risque, du moins pendant le trajet.

Will fit le tour de la voiture et reprit sa place au volant.

— Tu es sûre de vouloir rentrer chez toi ? lui demanda-t-il.

Ivy opina. Il le faudrait bien.

— Ivy, de qui as-tu peur ? s'enquit Will sans démarrer.

Elle baissa les yeux en haussant les épaules.

— Je ne sais pas.

Will posa la main sur les siennes. Ivy la retourna et examina les petites taches de peinture à l'huile que l'essence de térébenthine n'avait pas effacées. Ivy aurait reconnu les mains de Will les yeux fermés. Il entrelaça ses doigts dans les siens et le courage lui revint.

— Je veux t'aider, murmura-t-il, mais je ne peux pas le faire si je ne sais pas ce qui se passe.

Ivy détourna le visage.

— Tu dois me le dire, insista-t-il.

— Je ne peux pas, Will.

— Que s'est-il passé à la gare ?

Ivy resta muette.

— Je suis sûr que la mémoire t'est revenue en partie. Je n'arrive pas à croire que tu n'aies pas au moins une idée de ce que tu as vu. Est-ce qu'il y avait quelqu'un d'autre là-bas ? Pourquoi est-ce que tu as essayé de traverser la voie ?

Ivy secoua la tête sans répondre.

— D'accord, se résigna-t-il. En ce cas, je ne te poserai qu'une question : est-ce que tu aimes Gregory ?

Ivy fut si surprise qu'elle tourna la tête vers Will d'un geste vif. Il planta ses yeux dans les siens et étudia son visage en silence.

— C'est ce que je voulais savoir, dit-il enfin d'une voix basse.

Qu'avait-elle laissé transparaître ? Qu'avait révélé son regard ? Qu'elle détestait Gregory ? Ou qu'elle était en train de tomber amoureuse de Will ?

Elle lui lâcha la main.

— Raccompagne-moi chez moi, s'il te plaît, lui dit-elle.

Il démarra.

— Et maintenant, annonça une voix tremblante d'émotion, retour au programme du jour... *Pour l'amour d'Ivy !*

Un air de série télévisée s'éleva, fredonné fort et faux, jugea Tristan. Will l'entendit aussi. Il scruta la chambre noire de l'école, dans laquelle il travaillait seul.

— Encore toi, marmonna Tristan en apercevant le miroitement mauve de Lacey.

Comme toujours, Tristan trouva incroyablement aisé de plaquer ses pensées sur celles de Will. Il se glissa rapidement dans son esprit.

Will cligna des yeux.

— Tristan ?

— Oui, c'est moi, répondit ce dernier, avant d'ajouter : Lacey, ça suffit.

Le fredonnement s'arrêta et le halo mauve s'approcha de Will, qui s'empressa de cacher une pellicule dans son dos.

— Lacey, est-ce que tu pourrais reculer un peu ? J'ai peur que ta lumière n'abîme mon film.

— Oh, je vous prie de m'excuser ! répondit Lacey. Je vois que je dérange ces messieurs. J'ai compris, je vous laisse.

Elle s'interrompit pour leur donner le temps de protester. N'obtenant aucune réaction, elle reprit la parole :

— Mais, avant de partir, je voudrais vous poser quelques questions, les tourtereaux. Qui a sorti notre cher Rip Van Winkle[1] de son sommeil de vingt ans ? Qui l'a conduit jusqu'à cette chambre noire ?

— Je t'ai appelé plusieurs fois, Tristan, dit Will. J'ai besoin de ton aide.

— Qui a joué les anges à la fête de Suzanne ? poursuivit Lacey. Qui t'a prévenu qu'Ivy avait de gros ennuis, Will ?

— Ivy a eu des ennuis ? s'exclama Tristan. Qu'est-ce qui s'est passé ?

1. Héros du récit de l'écrivain américain Washington Irving. Il rencontre des personnages étranges, boit de leur vin, et ne se réveille que vingt ans plus tard. *(N.d.T.)*

— Qui sert de secrétaire à votre pitoyable club de groupies ? continua Lacey.

— Will, dis-moi ce qui s'est passé, exigea Tristan. Est-ce qu'Ivy va bien ?

— Oui et non, répondit Will, avant de se lancer dans le récit de l'incident et de rapporter ce que Gregory lui-même en avait dit. Il est difficile de démêler la vérité. J'ai rattrapé Ivy sur la route. Elle était sens dessus dessous et n'a pas voulu me parler. Le dimanche, elle a travaillé et, ensuite, elle est allée directement chez Beth. Aujourd'hui, au lycée, c'est la seule personne à qui elle se soit adressée, et encore, sans rien lui expliquer non plus.

— Lacey, est-ce que tu as vu quelque chose ? s'enquit Tristan.

— Désolée, je... euh... j'étais occupée avec des amis.

— À ton avis, qu'est-ce qu'elle faisait ? demanda Tristan à Will.

— Elle jetait les chaussures de cinéphiles ingrats dans l'étang, lui répondit ce dernier.

— Je parlais d'Ivy ! aboya Tristan.

En réalité, il était plus en colère contre lui-même que contre Will. Contrairement à lui, ce dernier avait été présent pour Ivy à deux reprises déjà.

— Je t'ai appelé... commença Will.

— Et appelé et appelé, intervint Lacey. Je lui ai dit que tu dormais dans ton trou. Je savais que l'amour était aveugle, mais, apparemment, il est sourd aussi. Je suppose que...

— Tu vas devoir me fournir des détails, Tristan, lança Will. Et tout de suite. Comment veux-tu que j'aide Ivy si tu me caches des choses ?

— Tu en sais assez, lui rétorqua Tristan. Et bien plus que tu n'as voulu l'admettre devant Ivy.

Tristan tenta de sonder l'esprit de Will, mais celui-ci réussit à lui dissimuler ses pensées.

— Je t'ai vu regarder dans l'enveloppe, Will, reprit Tristan. Je t'ai vu en sortir la clé.

Will ne se montra ni surpris ni prêt à présenter des excuses. Il glissa la pellicule dans son tube plastique.

— À quoi sert cette clé à ton avis ? demanda-t-il alors.

— Je pensais que tu aurais une idée sur le sujet, lui rétorqua Tristan.

— Non.

De nouveau, Tristan essaya de percer ses pensées. Il se fit aussi discret que possible, rôda lentement et avec précaution dans le cerveau de Will. Mais il se heurta de plein fouet au mur que celui-ci avait érigé.

— D'accord, d'accord, vous deux, qu'est-ce qui vous arrive ? s'exclama Lacey. Oh, je te vois, Will. Tu as l'air aussi entêté que Tristan.

— Il m'empêche de comprendre, accusa ce dernier.

— Comme si tu n'avais pas fait pareil avec moi, s'emporta Will. D'abord, tu me demandes de foncer à toute allure jusque chez Ivy pour lui sauver la vie. Je te laisse prendre les commandes. Je me plie à tes ordres, je fais exactement ce que tu veux, et je trouve Ivy avec un sac sur la tête. Gregory est là, donne une vague excuse, et toi, tu ne m'expliques absolument rien de la situation.

Allant et venant dans la chambre noire, Will posa la pellicule, prit des filtres, des marqueurs, des boîtes de papier, les remettant chaque fois à l'endroit où il les avait trouvés.

— Je te sers de porte-parole, reprit-il, de partenaire de danse, tu me forces à mettre Ivy en garde, à lui dire que tu l'aimes... ajouta-t-il avec un léger tremblement dans la voix. Et tu persistes à me cacher la vérité.

« C'est Ivy qui m'a demandé de le faire », se dit Tristan. Mais il savait que ce n'était pas la seule raison. Il n'acceptait pas d'avoir besoin de Will, sans compter que le voir prendre des initiatives lui plaisait encore moins.

— Je n'aime pas votre manière de contrôler notre cerveau ! fulmina Will. Je n'aime pas que tu lises dans mes pensées ! Si tu veux savoir quelque chose, demande-le-moi !

— D'accord. Ce que je veux savoir, répondit Tristan sans hésiter, c'est comment je peux te faire confiance. Tu es l'ami de Gregory...

— Oh, vous allez grandir, oui, tous les deux ? l'interrompit Lacey. « Je n'aime pas que tu lises dans mes pensées... » « Comment est-ce que je peux te faire confiance... », les imita-t-elle. S'il vous plaît... vous me fatiguez avec vos excuses. Vous êtes tous les deux amoureux d'Ivy, vous êtes jaloux, et c'est pour ça que vous vous faites des cachotteries et que vous vous disputez comme deux gamins de maternelle.

— Will, est-ce que tu aimes Ivy ? lâcha Tristan.

Il sentit Will réfléchir.

— J'essaie de faire ce qui est le mieux pour elle, finit-il par répondre.

Il reprit le rouleau de pellicule et s'amusa à le jeter d'une main dans l'autre.

— Tu n'as pas répondu à ma question.

— Je ne vois pas quelle importance elle a, argumenta Will. Tu étais présent quand j'ai dansé avec elle. Tu as entendu ce qu'Ivy a dit. On sait tous les deux qu'elle n'aimera jamais personne comme elle t'aime, toi.

— Et comme on le sait aussi tous les deux, tu espères que c'est faux.

Will jeta le tube en plastique de la pellicule sur la table.

— J'ai du travail à faire, conclut-il.

— Moi aussi, rétorqua Tristan, se glissant hors de son cerveau avant d'en être expulsé.

Il avait conscience du fait qu'Ivy retomberait amoureuse un jour et que l'élu pourrait bien être Will.

« Qu'à cela ne tienne, se dit Tristan, si je dois la laisser entre ses mains, je vais d'abord mener une petite enquête sur lui. »

Alors qu'il s'apprêtait à quitter la pièce, la voix de midinette de Lacey s'éleva :

— Ainsi se quittèrent nos deux héros, déclama-t-elle en fredonnant quelques notes, aveuglés par l'amour, sans avoir écouté la sage et belle Lacey, qui, ne l'oublions pas, a le cœur brisé, elle aussi. Mais qui se préoccupe de la pauvre Lacey ? Je vous le demande, qui se préoccupe d'elle ? se lamenta-t-elle.

Chapitre 12

Ivy était installée à la table de la cuisine, où elle consultait des documents juridiques qu'elle venait de tirer d'une enveloppe en papier kraft – le dossier d'adoption. En face d'elle, Philip et Sammy, son meilleur ami, mangeaient à la cuillère du beurre de cacahuètes à même le pot.

Sammy était un garçon de petite taille, au physique cocasse, dont les cheveux se dressaient droit sur la tête comme des fétus de paille rousse. Ivy remarqua qu'il l'observait du coin de l'œil. Puis il poussa Philip du coude.

— Demande-lui, souffla-t-il, demande-lui.

— Demande-lui quoi ? s'enquit Ivy.

— Sammy aimerait rencontrer Tristan, lui révéla Philip. Mais je n'arrive pas à le faire venir. Est-ce que tu sais où il est ?

Instinctivement, Ivy jeta un coup d'œil par-dessus son épaule, mais Philip la rassura.

— Ne t'inquiète pas. Maman est en haut et Gregory s'intéresse aux anges maintenant.

— Vraiment ? s'étonna Ivy.

Philip opina.

— Je voudrais vraiment en voir un, s'aventura Sammy en sortant un appareil photo miniature de son sac d'école.

— Je crois que Tristan se repose en ce moment, répondit Ivy avec un sourire, avant de s'adresser à son frère : De quoi est-ce que vous avez parlé avec Gregory ?

— Il m'a posé des questions sur Tristan.

— Quelles questions exactement ?

Elle présumait que les événements de la gare obsédaient Gregory. Après tout, il était absolument impossible que Philip ait pu arriver sur le quai aussi vite sans l'aide de quelqu'un. Gregory avait-il compris qu'il se heurtait à des forces plus puissantes qui les dépassaient tous ?

— Il m'a demandé à quoi Tristan ressemblait, expliqua Philip, comment je détectais sa présence...

— Et comment tu l'appelais, ajouta Sammy. Tu ne te souviens pas ? Il a demandé ça aussi.

— Il a voulu savoir si tu lui parlais, continua Philip.

— Et quand avez-vous eu cette conversation ? le questionna Ivy en tapotant la table avec l'enveloppe.

— Hier soir, pendant qu'on jouait en haut de l'arbre, dans ma cabane.

Ivy se renfrogna. Elle n'aimait pas que son frère reste seul avec Gregory à cet endroit. Il avait déjà failli y être la victime d'un étrange accident l'été précédent.

Elle baissa les yeux vers les papiers. Andrew n'avait pas dévoilé à Gregory son intention d'adopter Philip. Ivy se demanda s'il nourrissait les mêmes craintes qu'elle à son sujet.

— Quand est-ce que Tristan aura fini sa sieste ? insista Sammy.

— Je ne sais pas vraiment, lui répondit Ivy.

— J'ai apporté une lampe de poche pour le cas où on le verrait la nuit.

— Bonne idée, lui dit Ivy avec un sourire.

Les deux garçons finirent de vider le pot de beurre de cacahuètes à la cuillère, puis quittèrent la cuisine en courant.

Depuis le samedi soir, Ivy aussi avait tenté d'entrer en contact avec Tristan. À l'école, les rumeurs allaient bon train sur ce qui s'était passé à la fête. Gregory et Suzanne évitaient Ivy dans les couloirs. Gregory, discrètement ; Suzanne, en mettant un point d'honneur à la traiter de haut de façon théâtrale. Sa colère était évidente pour tous.

Ivy avait ressenti un certain soulagement en découvrant par Beth que Gregory et Suzanne allaient voir un match de football américain cet après-midi-là. Elle avait peu dormi les deux nuits précédentes et elle pourrait enfin se reposer sans craindre de voir Gregory faire irruption dans sa chambre. Elle avait beau fermer sa porte à clé désormais, elle ne se sentait jamais complètement en sécurité.

Ivy avait glissé l'enveloppe et les formulaires d'adoption entre ses livres d'école et s'apprêtait à monter à l'étage, lorsqu'elle entendit une voiture se garer derrière la maison. On aurait dit la BMW de Gregory. Au lieu de se précipiter dans l'escalier, Ivy se ravisa. Elle ne voulait pas donner à Gregory l'impression qu'elle avait peur de lui. Elle se rassit, prit le journal qui se trouvait là et, penchée sur la table, feignit de lire. La porte de la cuisine s'ouvrit et Ivy reconnut instantanément les effluves de parfum.

— Suzanne ?

Celle-ci lui jeta un regard sombre.

— Salut, dit Gregory d'un ton neutre.

Son visage n'était pas plus expressif – sauf qu'il aurait souri sur commande si quelqu'un était entré dans la pièce. Suzanne, elle, continuait de fixer Ivy en faisant la moue.

— Je suis surprise, lança Ivy. Beth pensait que vous alliez au match.

— Suzanne s'ennuyait et je devais venir chercher quelque chose, lui répondit Gregory en lui tournant le dos pour attraper un grand verre teinté dans le placard.

— Tu veux bien lui servir à boire ? demanda-t-il à Ivy en le lui tendant.

— Bien sûr.

Là-dessus, il sortit de la cuisine d'un pas vif.

Ivy regarda dans le réfrigérateur.

— Désolée, dit-elle à Suzanne, on n'a pas de cannettes fraîches.

Suzanne resta muette.

« Tu es la seule à être glaciale », pensa Ivy.

Elle s'empara d'une bouteille de soda sur le plan de travail. Elle aurait bien aimé savoir pourquoi Gregory avait décidé de laisser Suzanne seule avec elle. Peut-être s'était-il caché derrière la porte pour écouter ce qu'elles se diraient. À moins qu'il ne veuille vérifier si Ivy révélerait à Suzanne ce qu'elle avait découvert sur son compte.

— Comment vas-tu ? demanda Ivy.

— Bien.

Un mot, voilà un bon début. Ivy mit quelques glaçons dans le verre et le donna à Suzanne.

— Tout le monde à l'école parle de ta soirée. Les gens se sont bien amusés.

— En bas et en haut, lui rétorqua Suzanne.

Ivy ignora la pique.

— Tu t'es remise de ta gueule de bois ?

— Je n'étais pas soûle.

— Oui, c'est vrai, tu t'es soulagée de tout l'alcool que tu avais ingurgité avant de partir.

Ivy se mordit la lèvre.

— Je n'ai pas pu dormir dans ma chambre samedi soir, reprit Suzanne.

Elle se déplaça dans la cuisine en faisant tourner le soda dans son verre.

— Je suis désolée, Suzanne. Vraiment. Mais le fait est que je n'avais rien bu, répliqua Ivy sèchement.

— Je voudrais te croire, dit Suzanne, la lèvre tremblante. Je voudrais que Gregory et toi me disiez que j'ai tout rêvé.

— Tu sais très bien qu'il ne le fera pas. Et moi non plus.

Suzanne hocha la tête et baissa le menton.

— Ce que je sais, c'est que les filles pleurent quand elles rompent avec leur copain. Mais je n'aurais jamais pensé devoir sortir les mouchoirs à cause d'une rupture avec toi.

— Tu me connais depuis plus longtemps que n'importe lequel de tes amoureux, lui répondit Ivy. Tu m'as fait confiance pendant dix ans. Et il suffit qu'un nouveau gars te raconte une histoire sur moi pour que tu le croies.

— Je t'ai vue de mes propres yeux !

— Qu'est-ce que tu as vu ? s'exclama Ivy en criant presque. Tu as vu ce qu'il voulait que tu voies, ce qu'il t'a dit de voir. Comment est-ce que je peux te convaincre...

— En arrêtant de tourner autour de mon petit copain, voilà comment ! s'écria Suzanne. Et en gardant tes mains baladeuses loin de lui !

Suzanne prit une longue gorgée de son soda, laissant la marque de son rouge à lèvres sur le verre.

— Tu te ridiculises, Ivy, et tu le fais à mes dépens.

— Suzanne, pourquoi ne veux-tu pas admettre que c'est peut-être Gregory qui m'a cherchée ?

— Tu mens, et je ne te ferai plus jamais confiance, lui rétorqua Suzanne en buvant de nouveau avec un geste de colère. Je t'avais prévenue, mais tu ne m'as pas écoutée. Tu te moques de ce que je dis.

— Je m'en moque moins que tu le penses, se radoucit Ivy en avançant d'un pas.

— Dis à Gregory que je suis sur le patio ! lâcha Suzanne en tournant les talons avant de sortir de la pièce.

Ivy se retint de la poursuivre. « C'est inutile, songea-t-elle. Il a réussi à la monter contre moi. » Tout en s'efforçant de refouler ses larmes, Ivy sortit de la cuisine et se hâta vers l'escalier central. Gregory était là. Elle passa à côté de lui sans dire un mot. Elle ne perdrait pas de temps à lui expliquer où Suzanne se trouvait. Elle était certaine qu'il avait entendu chaque mot de leur conversation.

Ivy ne s'arrêta pour reprendre son souffle qu'une fois

arrivée dans son salon de musique. Elle claqua la porte et s'y adossa, épuisée. « Du calme, du calme », s'encouragea-t-elle.

Tout son corps était parcouru de tremblements. Elle abandonnait tout espoir de gagner seule la partie contre Gregory. Elle avait besoin d'aide, besoin de quelqu'un capable de la convaincre que tout s'arrangerait. Elle se remémora le jour où Will l'avait conduite à la gare. Il l'avait crue et lui avait donné confiance en elle.

— Je vais chercher Will, décréta-t-elle en se retournant vers la porte. Tristan ?!

Elle baignait dans sa lumière dorée.

— Oui, c'est moi, lui répondit-il après s'être glissé dans ses pensées.

— Tu vas bien ? Où étais-tu ? lui demanda Ivy intérieurement. Tu es parti si longtemps cette fois. Il s'est passé beaucoup de choses depuis ton départ.

— Je sais. Will et Lacey m'ont mis au courant.

— Est-ce qu'ils t'ont raconté pour Suzanne ? Elle pense… elle croit tout ce que Gregory lui dit, et elle me déteste maintenant, elle…

Elle éclata en sanglots.

— Chut, Ivy, chut… Oui, je sais pour Suzanne. Je suis désolé. Mais, pour le moment, tu dois l'oublier. Il y a des choses beaucoup plus imp…

— L'oublier ? s'exclama Ivy à voix haute en pleurant maintenant des larmes de colère. Tu veux que je le laisse me faire du mal par n'importe quel moyen ?

— Ivy, parle-moi intérieurement, lui conseilla Tristan. Je me doute que tout ça est difficile pour toi…

— C'est faux, tu ne te doutes de rien ! Tu ne comprends

pas ce que je ressens, lança Ivy en allant s'asseoir sur la banquette du piano.

D'un doigt coléreux, elle appuya sur toutes les touches du clavier.

— Ivy, écoute-moi. J'ai découvert quelque chose que tu dois savoir.

— Je ne peux pas continuer à perdre tous ceux que j'aime !

— Ivy, je dois te donner une information, insista Tristan.

— Je t'ai perdu, maintenant je perds Suzanne, et...

— Will.

— Will ?

Le ton dans la voix de Tristan, grave et ferme, inquiéta Ivy.

— Qu'est-ce qu'il a ?

— Tu ne peux pas lui faire confiance.

— Je ne te crois pas, répliqua Ivy, déterminée à ne pas se laisser persuader du contraire.

— Je viens de fouiller sa chambre.

— Fouiller ?

— J'y ai trouvé des choses troublantes.

— Comme quoi ?

— Des livres sur les anges. Un dessin de la clé de Caroline.

— Qu'est-ce qu'il y a de surprenant à ça ? Bien sûr qu'il se renseigne sur les anges ! Il essaie de comprendre ce que tu es devenu, pourquoi tu es revenu ; et on sait déjà que sa curiosité l'a poussé à regarder dans l'enveloppe. J'aurais fait pareil à sa place, ajouta-t-elle d'un ton défensif.

— Il a aussi une copie de la nouvelle que Beth a écrite.

Celle sur la femme qui se suicide, qu'elle avait présentée en cours de théâtre un mois avant la mort de Caroline. Tu t'en souviens ?

Ivy hocha lentement la tête.

— La femme y déchire des photos de l'homme qu'elle aime en compagnie d'une autre, rédige un mot et se tire une balle dans la tête, résuma-t-elle.

— Le même scénario qu'avec Caroline, qui a déchiré les photos d'Andrew en compagnie de ta mère, confirma Tristan.

Effectivement, Ivy s'était brièvement étonnée, à l'époque, de la similitude des détails entre le récit de Beth et les circonstances de la mort de Caroline. Elle s'était alors contentée d'ajouter cette coïncidence à la liste des nombreux exemples prouvant déjà l'étrange capacité de Beth à anticiper les événements. Toutefois, l'information que venait de lui donner Tristan laissait supposer que Gregory avait pu lui emprunter l'idée.

— J'ai aussi trouvé une coupure de journal sur le meurtre de Ridgefield, poursuivit Tristan. Même type d'agression que la tienne, sauf que cette pauvre fille ne s'en est pas sortie. Le stratagème a fonctionné. Tout le monde a été convaincu qu'on avait affaire à un agresseur en série, et non à quelqu'un qui t'en voulait personnellement.

Ivy enfouit son visage dans ses mains. La jeune fille de Ridgefield était décédée.

— Où veux-tu en venir ? finit-elle par demander à Tristan. Au fait que Will a élucidé beaucoup plus de choses qu'on ne le pensait ? C'est rassurant, non ? Je voulais le protéger de la vérité, mais ce n'est plus nécessaire.

— Si, au contraire ! s'exclama Tristan. Will cache autre chose dans ses affaires. La veste et la casquette.

Ivy se redressa d'un coup. Comment les avait-il retrouvées ? Savait-il qu'elles constituaient des pièces à conviction clés ? Pourquoi ne lui en avait-il pas parlé ?

— Il est parfaitement conscient de leur importance, dit Tristan en réponse aux pensées d'Ivy. Il les a soigneusement emballées dans un sac en plastique avec tout le reste.

— Je ne lui ai jamais raconté ce que j'avais vu. Je ne lui ai jamais dit pourquoi j'avais été tentée de traverser les rails. Quant aux journaux, ils n'ont aucun détail à ce sujet.

— Ce qui signifie qu'il est complice...

— Non ! protesta Ivy.

— ... ou que, d'une façon ou d'une autre, il a élucidé le mystère. Peut-être qu'Eric lui a dit quelque chose. En tout cas, il en sait beaucoup plus qu'il veut bien l'admettre.

Ivy se remémora le jour où Will l'avait conduite à la gare. En repartant, ils avaient surpris Eric en train d'inspecter le fossé au bord de la route. Will devait déjà être en possession de la veste et de la casquette à ce moment-là. Il avait joué la comédie, pour le bénéfice d'Eric – et le sien.

Elle repoussa brusquement la banquette du piano et se leva d'un bond.

— Ivy ?

Elle écarta mentalement Tristan, puis marcha jusqu'à la fenêtre, devant laquelle elle s'agenouilla, bras et menton posés sur le rebord.

— Ivy, parle-moi, murmura Tristan. Ne me rejette pas.

— Il essaie de nous aider, rien de plus, j'en suis sûre.

— Comment peut-il penser nous aider en nous cachant des informations ?

— Il juge que c'est mieux ainsi, suggéra-t-elle, consciente de l'absurdité de sa réponse. Je le connais. Je lui fais confiance.

— Suzanne fait confiance à Gregory, lui fit remarquer Tristan.

— Ce n'est pas pareil ! s'écria Ivy avant d'expulser Tristan de son cerveau pour de bon. Ce n'est pas pareil !

Elle avait parlé fort et, l'espace d'un instant, elle eut l'impression que sa voix retentissait dans la pièce. Mais elle se rendit vite compte que c'étaient des cris venant d'en bas. Suzanne. Sa voix fut bientôt noyée par celle de Gregory. Saisie d'une peur panique, Ivy descendit à toute allure dans sa chambre et traversa en courant le couloir qui menait vers l'escalier de service. Suzanne, elle, y montait les marches quatre à quatre, ses longs cheveux noirs se soulevant en vagues dans son dos, le visage blême et luisant de transpiration. Elle tenait toujours à la main le verre teinté dans lequel Ivy lui avait servi son soda.

Gregory la suivait.

— Suzanne, disait-il, donne au moins à Ivy la possibilité de s'expliquer.

Tête renversée, Suzanne partit d'un éclat de rire si dément qu'elle en tomba presque à la renverse. Puis elle vint poser le regard sur Ivy, qui comprit alors que quelque chose de terrible venait de se passer.

— Oh non, je n'ai pas envie d'attendre ! lança Suzanne. Je veux qu'elle me donne une explication tout de suite !

Suzanne força Ivy à prendre le verre. Puis elle ouvrit sa

main gauche. Dans sa paume moite se trouvait un cachet orange. Ivy jeta un coup d'œil furtif vers Gregory.

— Qu'est-ce que c'est ? exigea Suzanne. Dis-le-moi ! Qu'est-ce que j'ai trouvé dans mon verre ?

— On dirait des vitamines, répondit Ivy prudemment.

— Des vitamines ! s'esclaffa Suzanne d'une voix étranglée, des larmes dans les yeux. Elle est bien bonne, celle-là ! bredouilla-t-elle. Des vitamines ? Quelle était ton intention, Ivy ? Tu voulais m'envoyer faire un beau voyage comme Eric ? Tu es folle ! Tu n'es qu'une vieille sorcière, méchante, dingue et jalouse. Tiens, bois-le, et en entier ! ajouta-t-elle en laissant tomber le cachet dans le soda.

Ivy baissa les yeux vers le verre. Elle savait que c'était un coup monté par Gregory et se doutait que le cachet était inoffensif, mais elle ne voulait pas prendre de risques.

— Avale ! lui ordonna Suzanne, les larmes roulant le long de ses joues. Avale ces vitamines !

Ivy recouvrit le verre de la main et fit non de la tête. Elle vit la bouche de son amie se convulser.

Suzanne tourna les talons, plongea sous le bras tendu de Gregory et dévala l'escalier. Pendant que Gregory lui emboîtait le pas, Ivy se laissa tomber sur une marche et posa la tête sur ses genoux. Elle n'essaya pas de dissimuler ses pleurs. Et pourtant, elle savait que Gregory s'était arrêté pour la regarder par-dessus son épaule, ravi du spectacle.

Chapitre 13

Tristan pensait que prévenir Ivy au sujet de Will l'aurait soulagé. Après tout, ses doutes étaient fondés. Will leur dissimulait des informations, et il ne leur révélerait pas comment il les avait obtenues. Désormais, Ivy ne pourrait compter que sur Tristan. Cette réalité aurait dû l'emplir d'un sentiment de victoire et de fierté, ou, du moins, de satisfaction. Elle n'eut pas l'effet escompté. Peu importait à quel point Ivy et lui s'aimaient et avaient besoin l'un de l'autre, ils resteraient séparés par une rivière impossible à traverser.

C'était lundi soir et le monde lui sembla plus gris et froid que jamais. Il sentait l'automne approcher comme une bête solitaire et menaçante. Il était venu chez Caroline et, en traversant les murs pour entrer dans la maison obscure, il eut l'impression de n'être qu'un intrus, un fantôme venu hanter des lieux et non un ange aidant ceux qu'il aimait. Il brûlait de voir Ivy, mais il n'aurait pas osé repartir chez elle. Il savait que ses révélations sur Will l'avaient blessée et mise en colère. Maintenant que le mal était fait, que pourrait-il lui dire pour l'apaiser ?

— Tristan ?

Il se tourna, surpris.

— Tristan ?

Il voulait tant entendre sa voix qu'il avait des hallucinations.

— Tristan, tu es là ? C'est Ivy. Laisse-moi entrer.

Tristan se précipita vers la porte et concentra toute son énergie sur la matérialisation de ses doigts. Ils ne cessaient de déraper sur le loquet et il lui fallut du temps avant de parvenir à déverrouiller ce dernier. Il se demanda comment Ivy réagirait en voyant le battant pivoter lentement sur ses gonds.

Elle s'avança et s'arrêta au centre du rectangle de lune formé par la porte ouverte. Dans la lumière argentée, ses cheveux miroitaient et sa peau semblait aussi pâle que celle d'une apparition. L'espace d'un instant, Tristan pensa qu'un événement à la fois terrible et merveilleux s'était produit et qu'Ivy lui revenait sous la forme d'un esprit semblable à lui. C'est alors qu'elle se tourna, et Tristan vit son regard : il était plein d'amour, mais c'était le regard vide de quelqu'un qui perçoit juste une lumière diffuse et non des traits précis.

« Je t'aime. »

Ils partagèrent la même pensée et Tristan se glissa facilement dans l'esprit d'Ivy.

— Je suis désolée, Tristan, dit-elle doucement. Désolée de t'avoir repoussé.

Il était si heureux de sa venue qu'il eut peine à répondre.

— Je sais que je t'ai fait du mal en te parlant de Will, finit-il par déclarer.

Elle eut un léger haussement d'épaules et ferma la porte derrière elle.

— Il fallait bien que tu me dises la vérité.

Tristan comprit qu'elle était encore bouleversée. « Je devrais l'encourager à se confier, songea-t-il. Je devrais lui rappeler qu'elle tombera amoureuse de nouveau, qu'elle rencontrera quelqu'un un jour... »

— Je t'aime, Tristan, dit Ivy. Je t'en prie, peu importe ce qui se passera, promets-moi de ne jamais l'oublier.

Ils évoqueraient l'avenir plus tard.

— Tu m'entends ? insista Ivy. Je sais que tu es là. Tu te caches. Tu es en colère ?

— Je me demande ce qui t'a amenée ici.

Il sentit un petit sourire se former sur les lèvres d'Ivy.

— Je n'en suis pas sûre. J'avais très envie de te voir. Mais après ce qui s'est passé cet après-midi, j'ai pensé que tu ne me répondrais pas si je t'appelais. Alors, j'ai décidé que c'était à moi de te trouver. J'ai pris ma voiture, et me voici.

Il rit.

— Oui, te voilà. Une fois cette affaire terminée, Beth et toi devriez ouvrir un cabinet de voyance : « Lignes de la main, Feuilles de thé, Télépathie ».

— Tu pourrais être notre esprit de contact, suggéra Ivy d'une voix qui réchauffa le cœur de Tristan.

— Lyons, Van Dyke et Esprit. Ça sonne bien, plaisanta-t-il.

Il savait cependant que, lorsque sa mission serait terminée, il ne reviendrait pas. Lacey n'avait revu aucun des anges qu'elle avait connus.

Le visage toujours souriant, Ivy entreprit de faire le tour de la cuisine. Tristan étudia cette dernière à travers ses yeux, qui s'habituaient peu à peu à l'obscurité.

— On dirait que tu as déjà fouillé la maison, fit observer Ivy en découvrant les tiroirs et les portes des placards entrebâillés.

— Oui, en août, avec Lacey, bien avant que tu ne récupères la clé, mais ce n'est pas nous qui l'avons laissée dans cet état. Quelqu'un d'autre est passé par là depuis.

Bien qu'Ivy s'efforce de le réprimer, Tristan ne put s'empêcher d'entendre le prénom qui s'était formé dans son esprit : Will.

— Il est difficile de savoir qui, s'empressa-t-il de la rassurer. Gregory ? Eric ? Ou Will, c'est vrai, ajouta-t-il le plus doucement possible. Mais ça pourrait aussi être cet homme qui apporte des roses sur la tombe de Caroline. Tu le connais, non ? s'enquit Tristan tandis qu'Ivy jetait un coup d'œil dans les placards.

La plupart étaient vides, et elle ne trouva qu'une lampe de poche dans un tiroir peu profond.

— Non, répondit-elle. À quoi ressemble-t-il ?

— Grand, mince, cheveux noirs. Il s'appelle Tom Stetson et il travaille à l'université dirigée par Andrew. Lacey l'a suivi le jour du grand pique-nique chez vous. Tu as déjà entendu quelqu'un parler de lui ?

Ivy secoua la tête négativement.

— Quand je remue comme ça, demanda-t-elle soudain, ou que je fais une grimace, est-ce que tu t'en rends compte si tu es dans mon esprit ?

— Je sens tes mouvements. J'adore quand tu souris.

Le visage d'Ivy s'illumina à un point tel que Tristan eut l'impression d'être enveloppé par sa lumière.

— À ton avis, reprit Ivy, est-ce que Tom Stetson était l'amant de Caroline ? Est-ce qu'il pourrait être impliqué ?

— Je ne sais pas, mais je pense que Gregory et lui ont une clé de cette maison. Tom est certainement celui qui a mis les affaires dans les cartons.

— Et fouillé les placards et les tiroirs par la même occasion.

— Peut-être.

Ivy souleva la ficelle accrochée à son cou pour faire sortir la clé qui y était suspendue, cachée sous son tee-shirt. La tige argentée et le panneton à deux crans étincelèrent sous le faisceau de la lampe torche.

— Bon, dit Ivy, il ne reste plus qu'à trouver la serrure.

Ils entreprirent les recherches. Ils découvrirent dans le salon un bureau dont le tiroir avait été forcé. À côté, sur le dessus de la cheminée, se trouvait une boîte équipée d'une serrure en laiton dont on avait brisé les charnières. La boîte était vide. Ivy essaya d'insérer la clé dans chacune des deux serrures. Sans succès.

Dans la chambre, Tristan attira son attention vers une empreinte rectangulaire vraisemblablement laissée par un objet lourd sur un napperon recouvrant la commode. L'armoire de Caroline était toujours remplie de chaussures et de sacs, dans lesquels quelqu'un avait déjà fouillé aussi. Ivy les sortit du placard pour examiner ce dernier de fond en comble. En vain. Une heure et demie plus tard, après avoir inspecté toutes les autres pièces, ils n'avaient toujours rien trouvé.

— Il n'y a que du bric-à-brac ici. Ça ne nous sert strictement à rien, grommela Tristan.

Ivy se laissa tomber par terre au coin du couloir. Elle évitait de s'asseoir sur les chaises de Caroline.

— Le problème, c'est qu'on ne sait pas quels objets ont déjà été emportés, ni où, fit observer Ivy. Si seulement on avait une idée de ce qu'on cherche...

— Et Beth ? demanda soudain Tristan. Si on lui demandait de nous aider ? Avec son sixième sens, si tu lui montres la clé et qu'elle la tient dans sa main, elle sera peut-être capable de nous donner un indice.

— Bonne idée, acquiesça Ivy en regardant sa montre. Tu peux venir avec moi ?

Tristan savait que c'était une mauvaise idée. Il était fatigué et avait besoin de se reposer s'il ne voulait pas être englouti par les ténèbres.

Pourtant, il ne pouvait se résoudre à abandonner Ivy. Quelque chose lui disait qu'il ne lui restait pas beaucoup de temps à passer avec elle.

— D'accord, mais je me limiterai à observer.

Il resta silencieux durant la quasi-totalité du trajet.

M. Van Dyke était habitué à voir Ivy arriver à n'importe quelle heure de la journée. Dossier d'un client en main, il lui ouvrit la porte, lui jeta un coup d'œil par-dessus ses demi-lunes, hurla « Beth ! », et la laissa monter seule à l'étage.

Lorsqu'elle entra dans la chambre de Beth, Ivy perçut l'étonnement de Tristan et le rassura intérieurement : « Elle est en train d'écrire. »

Apparemment absorbée dans un monde à des années-lumière de là, Beth cligna des yeux. Ses cheveux étaient remontés en une queue-de-cheval placée de travers sur le côté de la tête et maintenue par une pince. Une vieille paire de lunettes à laquelle il manquait une branche se balançait sur l'arête de son nez. Beth elle-même portait un short de gymnastique bouffant et de vieux chaussons à tête d'animal sur lesquels s'était collé du pop-corn.

Ivy tendit le bras pour décoller un Post-it jaune de son tee-shirt.

— « *Adorable, alangui, délicat, délicieux, détourné* », lut-elle sur le petit papier avant de dire : Je suis désolée de te tomber dessus de cette façon.

— Ce n'est pas grave, répondit Beth gaiement en prenant le Post-it des mains d'Ivy. Je le cherchais partout, merci !

— On a besoin de ton aide.

— *On* ? Oh ! ...

Beth se leva pour aller fermer la porte et libéra un espace sur son lit en poussant par terre les dossiers et les carnets qui l'encombraient. Puis elle observa le visage d'Ivy et lança avec un sourire :

— Salut, m'sieur Lumière !

— Beth, est-ce que tu te souviens de l'enveloppe que la sœur d'Eric m'a donnée ? lui demanda Ivy.

Tristan vit les yeux de Beth s'illuminer. Elle avait regardé Ivy l'ouvrir au cimetière et elle brûlait certainement de connaître son contenu depuis lors.

— Voici ce qui s'y trouvait, annonça Ivy en lui tendant la clé.

— Elle doit servir à ouvrir un coffret ou un tiroir. Peut-être une porte ancienne, mais ça m'étonnerait, elle n'a pas l'air si vieille que ça.

— L'enveloppe portait le nom et l'adresse de Caroline, lui expliqua Ivy. On est allés fouiller sa maison, mais on n'a rien trouvé. Tu crois que tu pourrais nous aider ? Garde-la en main un moment pour voir si tu as une idée.

Tristan vit Beth se rétracter.

— Oh ! Ivy, je...

— Je t'en prie.

« Elle a peur, murmura Tristan à Ivy. Essaie de la rassurer. »

— Je n'ai pas besoin d'une prédiction, s'empressa d'ajouter Ivy. J'aimerais juste que tu tiennes cette clé un moment pour voir ce que ça te fait. Peu importe ce qu'elle évoquera pour toi, ça nous donnera peut-être un indice.

Beth baissa les yeux vers la clé.

— J'aurais préféré que tu ne me demandes pas ce service, dit-elle. Quand j'ai des visions, mon esprit se remplit d'images bizarres et, parfois, ça me fait peur.

Elle tourna un regard plein d'envie vers l'écran de son ordinateur, où le curseur clignotait, semblant attendre qu'elle revienne écrire.

— J'aurais vraiment préféré que tu ne me demandes pas ce service, répéta-t-elle.

— Je comprends, capitula Ivy en voulant reprendre la clé.

La main de Beth se referma sur la sienne. Tristan sentit comme elle était froide et moite.

— Laisse-la-moi jusqu'à demain matin, décida Beth. Je te la rendrai à l'école. Peut-être que j'aurai une idée d'ici là.

Ivy prit son amie dans ses bras.

— Merci ! s'exclama-t-elle. Merci. Je ne t'aurais pas dérangée si ça n'avait pas été aussi important.

Quelques minutes plus tard, Ivy arrivait chez elle.

— Tu es toujours là, dit-elle en se dirigeant vers la maison après avoir garé la voiture.

La gaieté dans sa voix emplit Tristan de joie, sans toutefois le libérer de son sentiment de lassitude ni de la peur croissante de voir les ténèbres se refermer bientôt sur lui. Et s'il était prisonnier du trou noir à un moment où Ivy aurait le plus besoin de lui ?

— Je t'accompagne jusqu'à ta chambre, lui répondit-il. Ensuite, je retournerai chez Beth.

Alors qu'ils passaient devant un buisson, Ivy se baissa brusquement.

— Ella ? Ella, viens dire bonjour ! Ton copain est avec moi.

Tapie sous les branches, la petite chatte regarda Ivy de ses grands yeux verts, miaula, mais resta sans bouger.

— Ella, viens, qu'est-ce que tu as ? insista Ivy en l'attrapant.

Elle la prit dans ses bras et la caressa entre les oreilles, son endroit préféré.

— Qu'est-ce qui ne va pas ? insista Ivy, étonnée que la petite chatte ne se mette pas à ronronner.

Soudain, elle étouffa une exclamation et son corps fut secoué par une vague de frissons qui ébranla même Tristan. Ivy tourna la petite chatte doucement. Une bande de poils sauvagement rasés striait toute la longueur de son flanc droit. Sa peau rose était à vif, écorchée jusqu'au sang.

— Ella, comment…

Ivy laissa sa question en suspens. Elle avait compris en même temps que Tristan.

— Gregory, souffla-t-elle.

Chapitre 14

Ivy rêva d'Ella toute la nuit, des rêves longs et compliqués, dans lesquels elle poursuivait Gregory qui pourchassait la petite chatte. Mais dès qu'Ivy se rapprochait de lui, c'était elle qu'il se mettait à poursuivre. Ivy ne trouva le repos que bien après le point du jour. Maintenant, les yeux fermés pour se protéger de la clarté, elle comptait les coups feutrés de la pendule dans la salle à manger. Ils semblaient si loin, à cinq mille lieues de là, six mille, sept mille, huit mille…

— Huit !

Ivy se redressa d'un bond.

Ella, qui avait dormi blottie contre elle, se serra davantage encore et enfouit la tête sous le bras d'Ivy. Aussi doucement que possible, celle-ci la souleva pour la poser sur ses genoux. Les larmes aux yeux, elle examina sa blessure.

— Viens, ma belle, on va nettoyer ça.

Elle porta Ella dans la salle de bains.

— Ivy, Ivy, tu n'es pas encore prête ? l'appela sa mère depuis le rez-de-chaussée.

Ivy sortit sur le palier, mais resta collée contre le mur pour que Maggie ne la voie pas.

— Si, si, presque ! répondit-elle.

— Tout le monde est parti, lui précisa sa mère. Je m'en vais aussi.

— À ce soir ! lança Ivy, soulagée.

Elle entendit les talons de sa mère cliqueter sur le parquet, puis la porte de derrière se fermer. Elle souleva alors la petite chatte à hauteur de visage et observa sa blessure une nouvelle fois. La coupure était franche, apparemment due à une lame de rasoir bien aiguisée.

La veille au soir, Tristan avait dû user de toute sa force de persuasion pour empêcher Ivy de se ruer comme une furie dans la chambre de Gregory. Il avait eu raison de la retenir. Elle l'affronterait, mais seulement après avoir retrouvé son calme et sa présence d'esprit. Il voulait la pousser à bout, et la voir perdre ses moyens ne ferait que l'encourager sur cette voie.

— Ne t'inquiète pas, ma belle, tout va s'arranger, souffla-t-elle à Ella en repartant dans sa chambre.

Le soleil matinal était assez haut dans le ciel pour que ses rayons inondent de lumière le dessus de sa commode, y révélant chaque grain de poussière et faisant étinceler les points de peinture dorée qui décoraient le cadre dans lequel la photo de Tristan était placée. Ivy regarda cette dernière un instant, avant d'avoir un mouvement de recul. Juste devant le cadre se trouvaient les poils noirs rasés d'Ella. Prudemment, elle avança une main vers le pelage doux. C'est alors qu'elle remarqua au centre une boucle blonde.

Ses cheveux ! On lui avait coupé une mèche de ses cheveux !

Gregory, bien sûr. Abattue, Ivy se laissa tomber sur une chaise où, Ella serrée contre elle, elle se balança d'avant en arrière tout en essayant de réfléchir. Quand avait-il réussi à s'approcher d'elle à son insu ?

Chaque soir depuis que Tristan avait révélé à Ivy ce qu'il savait sur Gregory, elle fermait la porte de sa chambre à clé. Toutefois, il existait une autre entrée. Il suffisait pour cela de passer par la salle de bains commune avec la chambre de Philip. Ivy s'arrangeait pour attacher le loquet de sorte que Philip parvienne à le débloquer en cas d'urgence, mais cela impliquait de faire un effort et du bruit. D'une façon ou d'une autre, Gregory avait réussi l'opération en silence. La peau d'Ivy se hérissa à la pensée qu'il s'était penché sur elle durant son sommeil, armé d'une paire de ciseaux.

Elle respira profondément et se leva. Les mains tremblantes, elle alla panser Ella et revint nettoyer le dessus de sa commode. Puis, prise d'une impulsion soudaine, elle se précipita vers la chambre de Gregory pour y trouver les preuves de sa culpabilité.

Elle vérifia tout, retourna tout, documents, vêtements et magazines, jusqu'à ce que des pages de l'un d'eux, un *Rolling Stones*, glisse un morceau de papier couché. Il était plié en deux. Lorsque Ivy l'ouvrit, son cœur s'arrêta. Elle reconnut l'écriture instantanément : les lettres noires penchées au trait marqué étaient identiques à celles des légendes sur les dessins de Will.

Ivy lut le texte sans s'arrêter, avant de le reprendre lentement, comme un enfant étonné de découvrir l'alphabet et le sens des lettres. Ce faisant, elle ne cessait de se répéter que les mots ne pouvaient pas être ceux de Will, que c'était impossible. Pourtant, ils étaient signés de son prénom.

Gregory, j'en veux plus. Si tu es vraiment intéressé, apporte-moi deux fois la somme demandée. Après tout, je prends des risques, je suis devenu complice, et il faut que ça en vaille la peine. Si tu tiens à la casquette et à la veste, tu vas devoir payer le double.

Ivy ferma les yeux et prit appui contre le bureau de Gregory. Elle avait l'impression qu'on lui comprimait le cœur au point de le réduire à une minuscule pierre. Lorsque tout serait terminé, elle n'aurait plus aucune tendresse en elle, plus rien qui pourrait saigner... ou pleurer.

Elle rouvrit les yeux. Ainsi, Tristan avait toujours eu raison au sujet de Gregory, et de Will. Ce qu'il n'avait pas prévu, c'était la façon dont ce dernier la trahirait – en couvrant Gregory et sans hésiter à l'abandonner, elle, sans défense, du moment qu'il obtenait l'argent qu'il demandait.

Ivy se sentait totalement anéantie, non par la haine et les menaces de Gregory, mais par le manque de cœur flagrant de Will. À quoi servirait-il de se battre maintenant ? Trop d'éléments se liguaient contre elle. Elle replaça le mot dans le magazine. C'est alors qu'elle remarqua un livre abîmé, appartenant à Philip, sur le joueur de baseball Babe Ruth.

Elle changea d'avis. Elle ne devait pas abandonner la bataille. Philip courait le même danger qu'elle.

Aussi, elle reprit la note de Will, puis sortit se préparer pour le lycée. Avant de quitter la maison, elle porta à Ella un bol d'eau et des croquettes. Elle avait décidé de laisser la petite chatte dans sa chambre, dont elle ferma les deux accès à clé.

Ivy arriva trop tard pour l'appel. Lorsqu'elle entra en cours d'anglais avec son mot de retard, Beth leva la tête. Elle avait l'air fatiguée et inquiète. Ivy lui adressa un clin d'œil et Beth lui sourit faiblement.

Elles se retrouvèrent à la fin de l'heure et tâchèrent de s'isoler de la foule d'élèves qui emplissait les couloirs. À moins de crier, il était impossible de s'entendre parler dans le vacarme des conversations et des claquements de porte des casiers. Ivy passa son bras sous celui de Beth et ouvrit la main. Beth y déposa la clé.

Elles continuèrent de marcher et finirent par trouver une salle vide au bout du couloir.

— Ivy, lâcha Beth. J'ai fait un rêve la nuit dernière. Je n'en comprends pas la signification, mais je crois que…

La sonnerie de reprise des cours retentit.

— Oh ! non… soupira Beth. J'ai un devoir sur table.

— On n'a qu'à se retrouver à midi à la cafétéria, suggéra Ivy, la table de derrière, celle qui fait l'angle.

Deux heures plus tard, la chance sourit à Ivy. Mme Bryce, la conseillère principale d'éducation, la laissa sortir plus tôt que prévu de leur rendez-vous. Elle était satisfaite des progrès effectués par Ivy et heureuse de constater qu'elle retrouvait espoir et adoptait une nouvelle attitude positive dans la vie. « Je ne fais pas de théâtre pour rien », se dit Ivy en se hâtant vers la cafétéria. La table était libre et Beth elle-même arriva quelques minutes après seulement.

— Will fait la queue, lança-t-elle. Je vais lui faire signe de nous rejoindre.

Ivy faillit s'étouffer avec le morceau de sandwich qu'elle mâchait. Elle s'empressa de l'avaler. Will était la dernière personne qu'elle souhaitait voir. Mais Beth, elle, n'avait aucune raison de ne plus lui faire confiance.

— Est-ce que tu lui as parlé de la clé et de notre visite chez Caroline ? demanda Ivy, tandis que Beth agitait le bras à l'intention de Will.

— Non.

— Bien. Ne le fais pas. Je ne veux pas le mettre au courant... pas encore, ajouta-t-elle d'un ton moins agressif en voyant l'expression de Beth changer.

— Pourquoi ? Will pourrait nous donner de bonnes idées, lui fit observer Beth en prenant dans sa boîte-repas le dessert, qu'elle adorait toujours déguster en entrée. Je suis sûre qu'il voudra t'aider à chercher.

« Je n'en doute pas, songea Ivy. Qui sait ce qu'on pourrait trouver qui s'avérerait monnayable. »

— Tu connais ses sentiments pour toi, ajouta Beth.

— Oh, oui, je les connais très bien ! répliqua Ivy sans pouvoir réprimer son ton sarcastique.

— Ivy, il ferait tout pour toi, lui fit remarquer Beth en clignant les yeux de surprise.

« Surtout si ça lui rapporte quelques billets », se dit Ivy avant de répondre plus prudemment :

— Tu as probablement raison, Beth, mais, s'il te plaît, ne lui en parle pas encore, d'accord ?

Beth fronça les sourcils. Elle n'insisterait pas, mais elle pensait clairement qu'Ivy faisait une erreur.

— Dis-moi plutôt ce dont tu as rêvé la nuit dernière, reprit Ivy.

Son amie secoua la tête en soupirant.

— C'était bizarre, Ivy, simple, mais bizarre. J'ai vu la même chose plusieurs fois. Je ne sais pas si les images avaient un rapport quelconque avec la clé, mais elles parlaient de toi.

— Raconte, souffla Ivy.

Elle se pencha vers Beth tout en gardant un œil sur Will, qui avançait dans la queue.

— Il y avait de grandes roues, lui décrivit Beth, deux ou trois, je crois, mais je ne me rappelle pas exactement. De grandes roues aux bords rugueux, crantées comme celles des tracteurs ou les pneus neige. Elles tournaient toutes dans la même direction. Puis tu es apparue. Il n'y avait rien d'autre que toi et ces roues. Tu as tendu le bras et tu les as arrêtées avec la main. Ensuite, tu les as poussées et elles sont toutes reparties en sens inverse.

Beth se tut, le regard dans le vague, comme happée par la vision du rêve.

— Et ?... demanda Ivy.

— C'est tout. C'est ça que j'ai vu en boucle, toute la nuit.

Ivy se redressa, puis s'adossa à sa chaise, l'air perplexe.

— Tu n'as vraiment aucune idée de ce que ça pourrait signifier ?

— J'allais te poser la même question. Ivy, voilà Will. Pourquoi ne pas lui raconter et...

— Non, s'empressa de trancher Ivy.

Beth se mordit la lèvre et Ivy baissa les yeux vers son sandwich imbibé de sauce.

— Salut ! lança Will en tirant une chaise avant de poser son plateau sur la table. Quoi de neuf ?

— Pas grand-chose, répondit Ivy en évitant son regard.

— Beth ?

— Pas grand-chose, répéta Beth sans conviction.

Will garda le silence un moment, puis reprit :

— Qu'est-ce qui t'a retardée, ce matin, Ivy ?

— Comment sais-tu que j'étais en retard ? rétorqua-t-elle d'un ton sec en levant brusquement les yeux.

— Je l'étais aussi, expliqua Will, la tête inclinée, l'air perplexe.

Ivy détourna le regard.

— Je suis arrivé juste après toi, poursuivit-il en venant effleurer la main d'Ivy avec la sienne pour l'encourager à le regarder.

Ivy ne réagit pas.

— Qu'est-ce qui ne va pas ?

Ivy éprouva une soudaine répulsion pour son ton candide et soucieux.

— Beth, dis-moi ce qui se passe.

Beth haussa les épaules sans répondre. Will continua de les étudier à tour de rôle. Il avait l'air calme et pensif, comme un chercheur réfléchissant à un problème, mais ses mains étaient crispées sur le rebord de son plateau.

« Maintenant, il est inquiet, se dit Ivy, vraiment inquiet, et pas qu'à mon sujet. Il pense qu'on est toutes les deux au courant de la vérité. »

Soudain, il soupira et souffla :

— Surprise, surprise. Voilà Gregory.

Ivy redressa vivement la tête dans l'espoir de voir Suzanne à ses côtés. Son amie mettait tant d'énergie à l'ignorer qu'Ivy aurait eu une bonne excuse pour se lever de table et s'éclipser. Mais Gregory s'approchait seul, l'air sûr de lui, le sourire aux lèvres. On aurait dit qu'il venait rendre visite à ses meilleurs amis.

Will le salua.

— Je pensais que tu avais cours à cette heure-là, déclara Ivy.

— Oui, histoire, confirma Gregory. Je suis censé faire des recherches à la bibliothèque, ça ne se voit pas ?

Déterminée à se montrer aussi à l'aise que lui, Ivy rit doucement.

— Sur quel thème ? s'enquit-elle.

— Les meurtres célèbres du XIXe siècle, répondit-il en tirant une chaise.

— Tu apprends des choses intéressantes ?

Gregory réfléchit un instant, puis s'assit à côté d'elle.

— Rien de très utile, dit-il enfin avant de se tourner vers Will et d'ajouter : Je suis désolé pour hier soir. J'ai eu un empêchement. Tu serais libre en fin d'après-midi ?

Après un temps d'hésitation, Will accepta d'un signe de tête.

— D'accord, on se retrouve chez Celentano.

— Je peux venir ? lança Ivy.

Les deux garçons la regardèrent d'un air surpris.

— Oh ! j'oubliais... reprit-elle en agitant négligemment la main. Non, je ne peux pas, je dois travailler aujourd'hui.

— Dommage, conclut Gregory.

Mais la réaction première de ce dernier ainsi que celle de Will avaient suffi à donner à Ivy sa réponse. Ils avaient un rendez-vous d'affaires : Gregory remettrait à Will l'argent de la rançon. Au moins ce dernier était-il assez malin pour s'assurer que la transaction se fasse dans la sûreté d'un lieu public.

Beth n'avait pas prononcé un mot depuis l'arrivée de Gregory. Elle observait tout le monde de ses grands yeux bleus et Ivy se demanda si elle avait lu dans leurs pensées.

Désireuse de donner l'impression qu'elle n'était pas impressionnée, Ivy décida que le moment était venu de relancer la conversation sur un sujet aussi trivial que possible. Remarquant que Beth n'avait pas fini son brownie, elle dit gaiement :

— Si tu ne le finis pas, c'est moi qui le mange !

Beth poussa le papier d'aluminium vers elle. Pendant que Gregory et Will s'entendaient sur l'heure à laquelle se retrouver, Ivy coupa un morceau du petit gâteau, puis fit passer le reste à Gregory.

— Tu es rentré à quelle heure hier soir ? lui demanda-t-elle d'un ton détaché.

Gregory l'étudia en silence un moment, puis s'appuya contre le dossier de sa chaise et déclara :

— Voyons… neuf heures, je crois.

— Est-ce que tu as entendu ce bruit bizarre dehors ?

— Quel genre de bruit ?

— Des gémissements, des miaulements. Comme ceux d'un chat qui souffre.

— Il est arrivé quelque chose à Ella ? s'enquit Beth.

— Elle a été attaquée, annonça Ivy.

Will fronça les sourcils. Sa prétendue sollicitude agaçait Ivy de plus en plus.

— On lui a arraché une bande de poils sur le flanc

droit au point de la faire saigner, poursuivit Ivy. Je n'ai pas vu de marques de dents. Je me demande bien quel genre de bête a pu lui faire ça, ajouta-t-elle en plantant ses yeux dans ceux de Gregory.

— Je n'en sais rien, répondit-il froidement.

— Et toi, Will ?

— Moi non plus. Elle va bien ?

Ivy perçut dans sa voix un léger tremblement, qui réveilla presque en elle son attirance pour lui.

— Oh oui, bien sûr ! déclara Ivy en se levant pour aller jeter son repas à peine entamé dans la poubelle à côté. Ella est un chat de gouttière, elle a la peau dure.

— Comme sa maîtresse, murmura Gregory avec un sourire. Exactement comme elle.

Chapitre 15

Ivy ne cessait de penser à ces fameuses roues. Toute la journée, elle dessina des cercles crantés... dans son livre de mathématiques, sur un contrôle d'espagnol et un polycopié en histoire. Sous sa plume, les roues devinrent tracteurs, flocons de neige, poignées de porte étranges. Plus tard, à la boutique, Ivy examina chaque article de forme ronde – les couronnes de Noël, les boudins de natation en mousse, un coussin à épingles ressemblant à un beignet recouvert d'un glaçage au chocolat.

En revanche, elle s'efforça de ne pas se demander ce qui se passait chez Celentano et, lorsque Tristan ne répondit pas à son appel, elle en fut presque soulagée. Elle n'aurait pas besoin de lui parler de la note de Will. Après tout, Tristan ne lui avait pas sottement accordé sa confiance.

Lorsqu'elle rentra sur la crête ce soir-là, Maggie et Andrew étaient sortis, et Philip regardait une vidéo avec Gregory dans la salle de séjour.

— Tu as fait tes devoirs ? demanda Ivy à son frère.

— Oui, et Gregory a vérifié.

Ce dernier, parfait dans son rôle du grand frère gentil et serviable, lui sourit. Ivy lui retourna son salut, malgré les frissons d'angoisse que suscitait en elle l'attachement croissant de Philip pour lui. Que ferait Gregory, se demanda-t-elle, lorsqu'il découvrirait que Philip et lui avaient le même père au regard de la loi ? Pour Gregory, l'argent était synonyme de statut. Grâce à lui, il contrôlait son entourage. Comment réagirait-il en apprenant que Philip et lui partageraient peut-être la fortune des Baines ?

— Reste un peu, l'encouragea Gregory en lui indiquant nonchalamment le siège à côté de lui.

— Merci, mais j'ai des choses à faire.

Alors qu'elle se dirigeait vers le hall d'entrée, Gregory se leva précipitamment et se mit en travers de son chemin.

— Ta mère a laissé une pile de linge devant ta porte, lui annonça-t-il. Étant donné que celle de la salle de bains était fermée aussi, elle s'inquiétait que tu n'aies pas de clé.

— J'en ai une.

Sa bouche dessinant un rictus, il se pencha vers elle et chuchota :

— Apparemment, ta mère a peur aussi que tu ne te drogues dans ta chambre.

— Je suis sûre que tu l'as rassurée à ce sujet, lui répliqua Ivy.

Sur ce, elle le laissa à son éclat de rire, le contourna et sortit de la pièce. Une fois en haut de l'escalier, elle prit la clé dans sa poche et ouvrit sa porte. Elle s'attendait à voir Ella se précipiter aussitôt par l'entrebâillement, impatiente de retrouver sa liberté, mais la petite chatte resta invisible.

— Ella ? Ella ?

Une masse ronde bombait la courtepointe de son lit. Ivy s'approcha, posa ses livres par terre et souleva le tissu.

Pelotonnée, la petite chatte tourna la tête vers Ivy. Celle-ci s'assit au bord du lit et la grattouilla entre les deux oreilles, puis lui caressa le reste du corps tout en examinant sa blessure au flanc droit. Les éraflures commençaient à cicatriser.

— Pourquoi as-tu si peur, Ella ?

La petite chatte se releva et s'approcha. Elle boitait sur trois pattes. Ivy s'empressa de vérifier celle qu'elle n'utilisait pas.

— Oh, non !

Sous le pied, les coussinets roses étaient perforés et striés de sang noir. Ivy les effleura délicatement du bout du doigt et du sang frais se mit à suinter sous les croûtes déjà séchées. Ivy prit Ella dans ses bras tremblants et, le buste penché, la serra contre elle.

— Oh ! Ella, je suis désolée ! sanglota-t-elle en enfouissant son visage couvert de larmes chaudes dans la fourrure de la petite bête. J'avais fermé les deux portes à clé. Je ne t'aurais jamais laissée ici si je m'étais doutée qu'il réussirait à entrer.

Comment avait-il fait, d'ailleurs ? Cette chambre avait été la sienne quand il était petit. Peut-être en avait-il conservé une clé ? Désormais, la nuit, Ivy devrait en bloquer l'entrée avec ses meubles.

— Demain, tu viens avec moi à l'école, promit-elle à

Ella. Tu resteras dans la voiture pendant que je serai en cours.

Là-dessus, Ivy se leva du lit pour aller fermer la porte en se demandant si Gregory était monté pour savourer la scène en cachette depuis le palier. Après avoir nettoyé les plaies d'Ella, elle la tint dans ses bras un long moment. La petite chatte finit par ronronner doucement et ferma les yeux.

Lorsqu'elle fut bien endormie, Ivy la posa délicatement sur le lit. Aussitôt, ses mains se remirent à trembler. Elle choisit la chaise la plus solide de son mobilier et alla la caler sous la poignée de la porte donnant sur le palier. Une fois sûre que l'accès à sa chambre était bien protégé, elle se dévêtit. Peut-être une longue douche chaude l'apaiserait-elle un peu ?

Ivy verrouilla la porte de communication entre la chambre de Philip et la salle de bains, alluma la radio et ouvrit en grand le robinet d'eau. Pendant dix minutes, elle réussit à se vider l'esprit et à ne se concentrer que sur la musique. Mais ses inquiétudes l'assaillaient toujours, tapies à la périphérie de son cerveau. Aussi, lorsque la ficelle mouillée sur laquelle était attachée la clé d'Eric lui irrita la peau, Ivy eut beau serrer les paupières, elle ne put empêcher le déferlement des images qu'elle voulait tant oublier : les roues, la lettre rédigée à la main, les mots révélateurs du chantage de Will.

Ivy ferma le robinet et resta là, immobile, le corps ruisselant. Elle se demanda si la sensation de l'eau sur la peau manquait à Tristan. Elle avait tant aimé sentir ses mains sur elle. Elle essaya d'en raviver le souvenir, mais son esprit persistait à revenir vers Will. Ivy força sa mémoire à se concentrer sur le visage de Tristan, mais seule l'image de la main que Will lui avait tendue en allant à la gare lui apparut. Elle tenta de se rappeler les doigts de Tristan sur les siens, mais, de nouveau, elle ne vit que ceux de Will, lui ôtant la boue des cheveux et, le midi même à la cafétéria, l'encourageant à le regarder.

Ivy écarta vivement le rideau de douche et sortit. Alors qu'elle posait le second pied par terre, une douleur la saisit, comme si on lui avait enfoncé une centaine de petites épingles dans la plante des pieds. Elle se laissa tomber sur le rebord de la baignoire, plia la jambe et retourna lentement le pied pour l'étudier. Il était criblé d'éclats de verre. D'autres morceaux étincelaient sur le tapis.

L'esprit d'Ivy s'emballa et elle se mit à se balancer d'avant en arrière en serrant sa cheville entre ses doigts. Au bout d'un moment, un peu calmée, elle entreprit d'extraire ce qu'elle pouvait à la main. Puis, repliant le tapis, elle le mit de côté. Après avoir bien vérifié le sol, elle sautilla jusqu'au placard pour y prendre des pinces à épiler.

Les éclats qu'elle n'avait pas réussi à ôter avec les doigts ne s'étaient pas enfoncés trop profondément, mais suffisamment pour lui faire mal – et juste assez pour la secouer. Ivy se remit à l'ouvrage avec maîtrise et méthode. Une fois le travail terminé, elle enfila son peignoir et observa de nouveau son pied. Il était parsemé de points et de traits rouges de sang, comme les coussinets d'Ella.

Elle s'effondra. Recroquevillée sur le sol, les genoux serrés contre sa poitrine, elle appela :

— Tristan ! Tristan, viens, je t'en prie ! J'ai besoin de toi.

Rattrapée par l'émotion, elle éclata en sanglots.

— Tristan, ne me laisse pas seule, pas maintenant. J'ai besoin de toi ! Où es-tu ? Tristan, je t'en prie !

Son appel se perdit dans le néant.

Peu à peu, cependant, son souffle retrouva une certaine régularité, ses épaules cessèrent de tressaillir, et elle pleura calmement, en silence.

— Hum, hum.

Quelqu'un venait de s'éclaircir la voix.

— Hum, hum.

Ivy leva les yeux et aperçut un halo mauve devant le miroir.

— Je ne sais pas où il est, déclara Lacey d'un ton brusque et dénué de sentiment tout en s'approchant d'Ivy.

Celle-ci essaya de refouler les larmes qui persistaient à rouler sur ses joues. Un mouchoir en papier s'éleva de sa boîte et vint se placer devant elle, comme suspendu dans les airs, attendant d'être pris.

— Merci... Lacey.

— Qu'est-ce que tu peux être laide quand tu pleures, commenta Lacey d'un air satisfait qui n'échappa pas à Ivy.

Elle opina néanmoins, s'essuya les yeux, puis se moucha bruyamment.

— Par contre, toi, tu devais avoir de l'allure, dit-elle alors à Lacey. Toutes les stars de cinéma en ont.

— Je ne pleurais jamais.

— Oh !

— Pas de soupirs, pas de larmes, c'était ma règle, déclara Lacey avec fierté.

— Tu t'y es toujours tenue ?

— Tant que j'ai été en vie, oui, affirma Lacey en dépit d'une légère hésitation.

— Et maintenant ? lui demanda Ivy en acceptant un autre mouchoir que Lacey lui tendait.

— Ça ne te regarde pas. Montre-moi ton pied.

Ivy le souleva docilement et sentit des doigts le palper doucement.

— Ça te fait très mal ?

— Ça va passer.

Elle se mit debout et appuya lentement le poids de son corps sur son pied blessé. Elle souffrait bien plus qu'elle n'était prête à l'admettre.

— En fait, je suis surtout inquiète pour Ella, reprit-elle. Elle a subi le même sort que moi.

Ivy raconta à Lacey comment on avait rasé jusqu'au sang une bande de poils sur le flanc droit de la petite chatte, et coupé une de ses propres mèches de cheveux.

— C'était Gregory, j'en suis sûre, conclut-elle.

— Il est futé, dit Lacey d'un ton sarcastique. Je suppose que tu as compris le message : ce qui arrive à Ella t'arrivera aussi.

La gorge serrée, Ivy acquiesça d'un signe de tête, avant de demander :

— Est-ce que tu as essayé de trouver Tristan ?

— Chez Caroline, chez Will, dans son appartement chic du cimetière... Il n'est nulle part. Il est peut-être retombé dans son trou noir.

Lacey soupira et, gênée par sa propre réaction, feignit de s'éclaircir de nouveau la voix.

— Tu es inquiète, observa Ivy en ouvrant la porte de communication avec sa chambre.

— Au sujet de Tristan ? Jamais.

Le halo mauve la dépassa et alla se poser sur les oreillers à la tête de son lit. Ella se tourna vers lui.

— Tu es inquiète, insista Ivy. Ça s'entend à ta voix.

— J'ai peur qu'il disparaisse de la circulation et me laisse sa mission sur les bras, oui.

— Merci d'avoir répondu à mon appel, reprit Ivy en s'asseyant à côté d'elle.

— Je ne suis pas venue pour toi.

— Je le sais.

— Tu le sais ? se moqua Lacey, dont le miroitement mauve sauta brusquement des oreillers tel le fantôme d'un chat. Et qu'est-ce que tu sais exactement ?

— Que tu aimes beaucoup Tristan, répondit Ivy en songeant intérieurement : « Enfin, que tu l'aimes tout court. » Et que tu te soucies tellement pour lui, ajouta-t-elle, que tu es prête à aider quelqu'un qui t'insupporte et dont tu aimerais bien te débarrasser, si c'est la condition pour qu'il soit plus heureux.

Cette fois, Lacey resta muette.

— Dès que je reverrai Tristan, je lui raconterai que tu as répondu quand je l'ai appelé, conclut Ivy.

— Oh ! je n'ai besoin de personne pour me faire gagner des points, se réveilla Lacey.

— D'accord, alors, je ne lui dirai rien, se résigna Ivy en haussant les épaules.

Le halo mauve revint vers le lit et Ivy remarqua que la patte blessée d'Ella se soulevait.

— Ce n'est pas beau.

— Lacey, murmura Ivy d'une voix maintenant tremblotante, est-ce que tu parles aux chats ? Pourrais-tu expliquer à Ella que je ne savais pas que Gregory pouvait entrer ici ? Pourrais-tu lui assurer que, sinon, je ne l'aurais jamais laissée seule, et que demain...

— Tu me prends pour qui ? l'interrompit Lacey.

Docteur Dolittle ? Blanche-Neige ? Est-ce que tu vois des petits oiseaux se poser sur mes mains ?

— Je ne vois même pas tes mains, lui rappela Ivy.

— Je suis un ange, et je ne me fais pas mieux comprendre des chats que toi.

Ella se mit à ronronner.

— Par contre, je peux essayer une chose, poursuivit Lacey d'un ton plus doux. Je vais tenter une expérience. On verra si ça marche ou pas.

Ivy attendit patiemment.

— Pour commencer, tu vas t'allonger, lui ordonna Lacey, et te décontracter. J'ai bien dit te décontracter ! Mais d'abord, va chercher une bougie.

Ivy se leva. Elle inspecta les tiroirs de son bureau et finit par trouver une vieille bougie de Noël que Philip lui avait donnée.

— Où veux-tu que je la mette ? demanda-t-elle à Lacey.

— Là où tu pourras la voir.

Ivy choisit sa table de nuit. Elle alluma la mèche. Au même moment, Ella se leva d'un bond, comme si quelqu'un l'avait poussée, et boitilla jusqu'à l'autre bout du lit.

— Maintenant, allonge-toi, les pieds à côté d'Ella, dit Lacey.

Ivy obtempéra. Il y eut un clic d'interrupteur et la lumière dans la chambre s'éteignit.

— Regarde la bougie et détends-toi ! commanda Lacey.

Ivy ne put réprimer un petit rire. Lacey n'avait pas exactement le don de vous mettre à l'aise. Néanmoins, après plusieurs minutes passées à fixer le vacillement rassurant de la flamme, Ivy sentit ses muscles se relâcher.

— Bien, reprit Lacey d'une voix plus calme. Ne résiste pas. Garde tes yeux sur la bougie. Laisse tes pensées, ton esprit, ton âme, flotter dans sa direction. Sépare-les bien de ton corps, pour que je puisse m'occuper de lui, et de lui seulement.

Ivy focalisa son regard sur la flamme et observa la façon dont elle changeait sans cesse de forme. Elle s'imagina en papillon de nuit, attiré par le feu, volant en cercle autour de lui. Elle sentit alors la plante de son pied se réchauffer. On aurait dit qu'une main brûlante l'avait enveloppée. Ivy résista au réflexe de s'en dégager. « Regarde la bougie, se répéta-t-elle alors que la douleur s'intensifiait. Regarde la bougie. » Au moment où elle pensait ne plus pouvoir supporter la brûlure, celle-ci s'atténua. Ivy eut une impression de fraîcheur, puis de picotements.

— C'est fait.

La voix de Lacey était si faible qu'Ivy dut tendre l'oreille pour la comprendre. Elle se redressa et chercha le miroitement mauve dans l'obscurité.

— Ça va ? demanda-t-elle.

— Tu peux rallumer, répondit Lacey dans un filet de voix après un long moment.

Ivy se leva et posa vaillamment les pieds par terre. La douleur avait disparu. Elle ne sentait même plus de picotements. Elle alla appuyer sur l'interrupteur, puis revint s'asseoir sur le lit et plia la jambe pour observer sa plante de pied. Celle-ci était plus douce que la paume de sa main et sans plus aucune trace de coupures. La patte d'Ella était totalement guérie aussi.

— Oui ! Oh, oui ! se félicita Lacey. Mais que tu es douée, ma fille !

Malgré sa bonne humeur, elle avait parlé d'une voix rauque comme celle d'une vieille femme, et son halo flottait très près du sol.

— Lacey, qu'est-ce qu'il t'arrive ? lui demanda Ivy. Tu vas bien ? Lacey, parle-moi !

— Fatiguée…

— Tristan ! appela Ivy d'une voix mesurée malgré l'urgence qu'elle ressentait. Tristan, viens ! Lacey a besoin de ton aide. Tristan ! Anges, aidez-la !

— Juste fatiguée… murmura Lacey.

— Cette expérience t'a demandé trop d'efforts, tu n'aurais pas dû essayer, reprit Ivy. Je ne sais pas comment t'aider. Dis-moi ce que je dois faire.

— Va… Gregory est dans la chambre de Philip… Va.

Ivy resta figée.

— Prends Ella, insista Lacey d'une voix de plus en plus faible, et montre-lui ce qu'on a fait. On va rire.

— Non, je refuse de te laisser dans cet état.

— J'ai dit : « Vas-y ! » Ce sera ma récompense.

— Tu es têtue comme ange, marmonna Ivy en prenant Ella dans ses bras.

— Tout ira bien, Ivy. Tout ira bien…

— Qu'est-ce que tu dis ?

Lacey ne répéta pas sa phrase.

Ivy serra Ella contre son épaule et se présenta devant la chambre de Philip. Lorsque Gregory l'aperçut sur le pas de la porte, son regard s'illumina.

« Il attend que je hurle et que je l'insulte », devina Ivy.

Elle lui sourit. Il baissa aussitôt les yeux vers ses pieds.

Dès qu'il la vit marcher sans chaussures et sans douleur apparente, son visage s'assombrit.

— Ella veut te dire bonsoir, Philip, lança Ivy d'un ton détaché.

La pauvre petite chatte, affolée à la vue de Gregory, se tortillait comme un ver pour échapper à sa maîtresse. Ivy s'en voulait de la retenir ainsi, mais elle savait que ce serait son seul moyen de gagner des points dans la guerre psychologique qui l'opposait à Gregory, des points qui leur assureraient, à elle et à Ella, une paix temporaire. Elle s'arrangea pour dissimuler contre elle le flanc rasé de la petite chatte. Les plaies s'étaient refermées, mais la peau restait nue. Ivy s'assit à côté de Philip et remonta les jambes sur le lit de sorte que Gregory ait une bonne vue de la plante parfaitement lisse de ses pieds.

Il cligna des paupières et un voile de perplexité passa dans ses yeux, mais il reprit vite son attitude de gentil grand frère occupé à mettre le petit au lit. Il s'était déjà convaincu qu'Ivy avait échappé à son piège parce qu'elle se méfiait de lui.

— Je veux faire un câlin à Ella, dit Philip en tendant les bras.

Sans la lâcher, Ivy l'approcha de lui.

— Ben qu'est-ce qu'elle a, la petite minette ? demanda Gregory.

— Je ne sais pas, elle doit avoir envie de jouer, répondit Ivy.

Gregory sourit d'un air satisfait.

— Dis, c'est ça, Ella ? reprit Ivy. Tu es en pleine forme, ma belle ?

Là-dessus, elle la retourna sur le dos pour lui gratter le

ventre, exposant ses coussinets tendres et roses comme ceux d'un chaton.

Le regard de Gregory passa d'une patte à l'autre, comme s'il avait oublié laquelle il avait blessée. Ivy maintint Ella sur le dos pour qu'il ait amplement le temps de réfléchir à la question. Le souffle de Gregory ralentit. Son visage perdit ses couleurs.

— Je veux lui faire un câlin, répéta Philip.

— Et pas à moi ? plaisanta Ivy en posant enfin Ella sur les genoux de son frère.

Cette fois, la petite chatte bondit du lit et fila comme une fusée vers la chambre d'Ivy, bien trop vite pour un animal blessé, et bien trop vite aussi pour que quiconque ait le temps de remarquer la bande sans poils sur son flanc.

— Bon, tant pis ! lança Ivy en se penchant pour embrasser Philip. Bonnc nuit, dors bien.

Elle se leva et, en passant devant Gregory, souffla :

— N'oublie pas de prier les anges.

Le lendemain, Ivy plaça une litière et une pile de couvertures dans sa voiture. Elle avait décidé d'emmener Ella avec elle au lycée. Il était évident que Gregory avait un moyen pour entrer dans sa chambre. Une clé peut-être, à moins qu'il ne sache crocheter les serrures. Ou bien encore existait-il un passage par le grenier, une trappe éventuellement, qui lui permettrait d'accéder au salon de musique ? Quoi qu'il en soit, Ivy ne pouvait pas laisser Ella seule.

Arrivée au lycée, elle gara la voiture à l'extrémité du parking sous un bosquet de saules pleureurs. Leur feuillage protégerait la voiture du soleil comme de la pluie, se dit Ivy en jetant un coup d'œil vers les nuages qui se formaient à l'ouest. Elle baissa les vitres de façon qu'Ella ait de l'air sans que quelqu'un puisse glisser le bras dans la fente pour déverrouiller les portières.

— Je ne peux pas te proposer mieux, ma belle, lui dit-elle.

Ivy retrouva Beth avant leur premier cours.

— Tu as fait d'autres rêves ? s'empressa-t-elle de lui demander.

— Le même, toujours le même. Si tu ne lui trouves pas bientôt une interprétation, je vais devenir folle.

Elles s'écartèrent pour laisser passer leurs camarades qui entraient en salle d'anglais.

— J'aimerais bien parler à Tristan, reprit Ivy, mais il ne répond pas.

— Il travaille peut-être avec Will, suggéra Beth.

Persuadée que ce n'était pas le cas, Ivy secoua négativement la tête.

— Il n'était pas à l'appel non plus ce matin, poursuivit Beth.

— Vraiment ? s'exclama Ivy, prise d'une peur soudaine qu'elle s'efforça aussitôt de réprimer.

Pourquoi s'inquiéter pour Will ? Il connaissait la véritable personnalité de Gregory et se croyait capable de le manipuler. Comme il avait pensé pouvoir tromper Ivy sans être pris...

— Il m'a appelée de son travail hier soir, raconta Beth. Il devait m'aider avec mon ordinateur après les cours, mais il a annulé le rendez-vous.

« Oh ! anges, veillez sur lui », pria Ivy en silence. Will s'était-il encore plus compromis ? Travaillait-il maintenant pour Gregory comme Eric l'avait fait ? « Anges, protégez-le », pria-t-elle de nouveau, malgré elle.

— Mesdemoiselles ! les appela leur enseignant d'anglais, M. McDivitt. Nous sommes prêts à démarrer, et vous ?

Ivy passa le cours, ainsi que tous ceux qui suivirent, à dessiner des roues crantées et à tenter d'entrer en contact avec Tristan. Les heures, ce jour-là, lui donnèrent l'impression de ressembler à un accordéon : elles s'étiraient, minute après minute, s'éternisant, avant, soudain, de se refermer. Or chacune la rapprochait toujours plus du prochain stratagème que Gregory aurait certainement mis au point. Ivy brûlait de grimper sur un bureau pour avancer les aiguilles des pendules, pour mettre les roues en action.

Les roues... les pendules, songea-t-elle. Les pendules avaient des engrenages – des roues crantées – et les modèles anciens, à l'image de celui qui trônait sur le dessus de la cheminée chez les Baines, étaient protégés par des boîtiers qui s'ouvraient à l'aide d'une clé. Pourquoi n'y avait-elle pas pensé plus tôt ? Dans le rêve de Beth, les roues tournaient et Ivy les arrêtait pour les pousser dans le sens opposé – elle leur faisait remonter le temps, comprit-elle brusquement, elle les renvoyait dans le passé. Jadis, Caroline avait vécu dans la maison sur la crête. Elle avait peut-être caché quelque chose dans la pendule posée sur la cheminée.

Ivy regarda discrètement l'heure à l'horloge. Son dernier cours de la journée se terminait vingt-cinq minutes plus tard. Elle savait que sa mère partirait chercher Philip à l'école et que Gregory serait encore au lycée. Elle devait saisir l'occasion. Dès que l'enseignante leur eut annoncé les devoirs pour la semaine suivante, Ivy se leva et s'approcha de son bureau.

— Madame Carson... dit-elle, feignant de ne pas se sentir bien.

Le professeur l'autorisa immédiatement à sortir. Ivy ne s'arrêta même pas à l'infirmerie comme l'y obligeait le règlement. À peine hors du bâtiment, elle s'élança vers sa voiture en courant.

Une pluie froide d'automne s'était mise à tomber et recouvrait la ville d'un voile brumeux. Ivy passa deux pâtés de maisons avant de penser à mettre les essuie-glaces en marche. La circulation était dense dans les rues étroites et Ivy conduisait par à-coups, le pied rapide et nerveux sur la pédale d'embrayage. La pauvre Ella eut du mal à rester sur ses genoux.

Lorsque Ivy tourna enfin dans l'allée qui menait chez les Baines, elle appuya sur l'accélérateur et monta la côte à toute allure, s'arrêtant net en tirant le frein à main. Puis elle sauta de la voiture en laissant la portière ouverte et courut vers la maison. Il n'y avait personne ou, du moins, aucun autre véhicule ne se trouvait là. Elle débrancha le système d'alarme avec des mains tremblantes d'émotion.

Elle traversa la cuisine à grands pas et entra dans la salle à manger. Sur la cheminée se tenait la pendule en acajou au magnifique cadran qui lui avait toujours évoqué une lune. Le balancier doré allait et venait régulièrement sous le verre peint. La mémoire d'Ivy ne l'avait pas trompée : il y avait bien un boîtier, de soixante centimètres de haut, fermé par une serrure.

Ivy ôta la ficelle nouée à son cou, puis inséra la clé. Elle tourna doucement vers la gauche, puis vers la droite. Il y eut un déclic et le battant pivota.

Ivy s'attendait à découvrir la vérité immédiatement. Or il n'y avait rien à voir. Elle resta là, bouche bée, le souffle coupé. « Ne sois pas stupide, se dit-elle au bout d'un moment. Cette pendule est remontée régulièrement, donc une autre personne possède la même clé, Andrew probablement. L'objet que tu cherches doit être caché. »

Prudemment, elle attrapa le balancier à mi-course, l'immobilisa d'une main, puis tâtonna de l'autre à l'intérieur du boîtier. Elle aurait besoin d'un tabouret pour vérifier plus loin, mais auparavant, dressée sur la pointe des pieds, elle palpa du bout des doigts l'un des panneaux latéraux. C'est alors qu'elle sentit une bosse, une bosse en papier. Elle tira doucement d'abord, de peur de le déchirer. Le rebord était épais, comme une enveloppe repliée. Ivy n'hésita plus, elle tira d'un coup sec.

Un instant, elle observa la vieille enveloppe en papier kraft qu'elle tenait. Puis elle alla jusqu'au buffet, prit un couteau de table dans le tiroir réservé à l'argenterie, et s'empressa de découper le rabat.

Chapitre 16

À l'intérieur de l'enveloppe, Ivy trouva trois pages. La première était une note manuscrite à peine lisible, mais dont elle reconnut la signature : Caroline. La deuxième provenait du cabinet du docteur Edward Ghent – le père d'Eric, constata Ivy avec stupéfaction. Quant à la troisième, elle ressemblait à la photocopie d'un compte rendu médical réalisé par une société nommée MediLabs.

Ivy choisit de commencer par la courte lettre du père d'Eric. Les espaces entre les mots étaient irréguliers ; le texte avait été repris plusieurs fois.

Chère Caroline,

Le rapport ci-joint confirme ce que vous soupçonniez. Comme je vous l'ai expliqué à mon cabinet, ces analyses de sang peuvent servir à prouver ou à infirmer, dans certains cas où les groupes sont différents, la paternité d'un homme. Il est évident qu'Andrew n'est pas le père.

« Ce n'est pas le père de Gregory ? » se demanda Ivy avant de poursuivre :

Ces résultats ne prouvent pas pour autant que Tom S. le soit, mais seulement qu'il pourrait l'être. Toutefois, si je vous ai bien comprise, ce n'est pas la question qui vous préoccupe.

— Tom S., Tom S., murmura Ivy.

Tom Stetson, en conclut-elle, l'homme qui était à la fête des Baines, le grand, mince et aux cheveux noirs comme Gregory, celui dont Tristan avait dit qu'il enseignait à l'université d'Andrew – celui qui apportait des roses sur la tombe de Caroline. Ivy termina la lecture de la lettre.

Si je peux vous être utile sur d'autres points, n'hésitez pas à me le faire savoir. Soyez assurée que cet échange restera confidentiel.

« En d'autres termes, songea Ivy, personne à part M. Ghent ne sait qui est le père naturel de Gregory. » Personne, Andrew y compris ? La réponse à cette question se trouvait certainement dans le mot griffonné à la hâte par Caroline. Ivy le lut d'un trait.

Andrew,

Je laisse ici cette enveloppe que tu découvriras le moment venu. Lors du divorce, ton fils s'est rangé de ton côté, a menti en ta faveur, a convaincu le juge de le laisser habiter avec toi. Mais n'était-ce pas avec ton argent qu'il préférait vivre ? D'ailleurs, est-il vraiment ton fils ?

Désolée pour cette nouvelle.

Caroline

Ainsi, Andrew n'était pas au courant. Et si Gregory l'était, il ferait tout pour éviter que la vérité ne soit dévoilée. Il comptait sur l'argent des Baines. Ivy se demanda comment Andrew réagirait s'il apprenait que Gregory n'était pas son fils. En outre, que se passerait-il maintenant qu'il en avait adopté un autre, pour lequel il avait de plus en plus de tendresse ?

Peut-être Caroline avait-elle anticipé cette situation. Peut-être y avait-elle vu alors le moyen de se venger de son ex-époux ainsi que de son fils. Ivy n'aurait pas été surprise de découvrir que Caroline avait longtemps accablé Gregory à ce sujet. Elle se rappelait le jour où il était rentré de chez sa mère, l'air bouleversé – Caroline l'avait sans doute menacé de tout dire.

Gregory avait-il pu la réduire au silence, la tuer dans le seul but d'hériter ?

Ces lettres constitueraient des pièces à conviction suffisantes pour que la police lance une véritable enquête. Eric lui avait transmis ce dont elle avait besoin. « Anges, pria Ivy, faites qu'Eric repose en paix. »

Elle leva les yeux vers la pendule. Les aiguilles indiquaient 14 h 33. Elle l'avait arrêtée au moins cinq minutes plus tôt. Gregory ne tarderait pas à rentrer. Ivy s'empressa de remettre le balancier en marche et referma le boîtier. Elle repassa la ficelle et la clé à son cou et plia les trois lettres pour les remettre dans leur enveloppe. Puis elle s'élança vers la porte de derrière.

Dehors, il bruinait. Ivy cacha l'enveloppe sous son chemisier et courut jusqu'à sa voiture. Ses bras étaient mouillés, elle avait la chair de poule. Elle prit la direction du commissariat de police. En ville, arrêtée à un feu rouge, elle chercha fébrilement la carte de l'inspecteur qui avait mené l'enquête après son agression et ne la retrouva qu'après avoir retourné le contenu de son sac à main sur ses genoux. « Inspecteur Patrick Donnelly », lut-elle, avant de jeter son bric-à-brac sur la banquette arrière avec les affaires d'Ella. C'est alors que la mémoire lui revint.

— Ella ? appela-t-elle, en espérant que la petite chatte se cachait sous les couvertures. Ella !

Au feu rouge suivant, Ivy se retourna, le bras tendu, pour tâter la vieille courtepointe. Pas de boule de poil chaude à cet endroit. Ella avait dû s'échapper lorsqu'elle avait laissé la portière ouverte devant la maison.

« Reste dehors, Ella, murmura Ivy. Dehors, il ne pourra rien te faire. »

Lorsqu'elle arriva au commissariat, le brigadier de garde prit son nom, puis l'informa que l'inspecteur était sorti.

— Il devrait revenir bientôt. D'un moment à l'autre, ajouta-t-il en remarquant les doigts d'Ivy crispés sur la carte de visite de l'inspecteur. Est-ce que je peux t'aider ?

— Non, répondit-elle en continuant à triturer fébrilement les bords de la carte.

— Je peux te trouver quelqu'un d'autre, offrit-il.

— Non, je préfère attendre, répliqua Ivy.

Son histoire était trop étrange et trop compliquée pour la raconter à un inconnu.

Elle s'assit sur un banc dur et posa un regard vide sur les murs olive et le carrelage terne de la pièce. Juste en face d'elle se dressait une horloge. Tout en réfléchissant à ce qu'elle dirait à l'inspecteur, Ivy observa l'aiguille des minutes qui avançait d'un point noir à l'autre.

« Mieux vaut ne pas mentionner les anges », se dit-elle. Il serait déjà assez difficile de convaincre l'inspecteur de son sérieux.

La porte du commissariat s'ouvrit en grand et Ivy leva des yeux pleins d'espoir. Deux jeunes officiers allaient faire leur rapport au brigadier de garde. Ivy se leva aussitôt pour demander si l'on ne pouvait pas faire appeler l'inspecteur Donnelly.

— Pat devrait déjà être là, disait le brigadier à voix basse. Il est allé voir le fils O'Leary.

Le fils O'Leary ? Will ?

Les deux officiers se tournèrent brusquement vers Ivy.

— Tu es sûre qu'on ne peut pas t'aider ? lança le brigadier à Ivy.

— Vous pouvez donner ça à l'inspecteur, répondit Ivy en lui montrant l'enveloppe de Caroline.

Elle la plia, en demanda une d'un format plus grand dans laquelle elle la glissa et sur laquelle elle écrivit : « Je dois vous parler le plus vite possible. » Elle ajouta son nom, son adresse et son numéro de téléphone. Elle la remit au brigadier sans un mot de plus et sortit du commissariat en courant. Elle reprit sa voiture et se dépêcha de repartir chez les Baines : elle s'inquiétait pour Philip et Ella.

Lorsqu'elle se gara devant la maison, elle ne vit que la voiture de sa mère dans le garage. Rassurée pour Philip, elle s'occupa de chercher Ella avant le retour de Gregory. Elle fit le tour par-derrière et traversa la salle à manger pour s'assurer que rien n'y indiquait son passage de l'après-midi. La pendule avait trois minutes de retard, mais elle fonctionnait normalement.

Ivy grimpa les marches de l'escalier central quatre à quatre. Sa mère parlait au téléphone dans sa chambre. Ivy passa la tête dans l'entrebâillement de la porte, lui fit un rapide signe de la main et continua son chemin. La porte de sa propre chambre était grande ouverte, mais Ella n'était nulle part en vue. Ivy vérifia sous la courtepointe, en vain, puis sous le lit, en supposant qu'avec tout ce qui lui était arrivé, Ella s'était peut-être cachée là. Elle ne s'y trouvait pas non plus, mais Ivy remarqua que les chaussures et les boîtes qu'elle y mettait étaient toutes alignées sur un côté.

Ivy observa le mur qu'elles formaient, puis étreignit le rabat de la courtepointe. Peut-être Gregory avait-il érigé cette barricade pour acculer Ella le jour où il l'avait blessée à la patte, ou bien lorsqu'il lui avait rasé le flanc. Mais là, au beau milieu, Ivy venait de remarquer les chaussons qu'elle avait laissés à côté de son lit le matin même. Elle se redressa lentement et découvrit, ce faisant, que la porte d'accès à son salon de musique était ouverte. Elle la gardait toujours fermée.

— Ella, prononça-t-elle sans qu'un son sorte de sa bouche tant son sentiment d'effroi était grand.

Incapable de marcher, elle rampa jusqu'au pied de l'escalier et constata que la lumière était allumée à l'étage. Prenant appui contre le chambranle, elle se hissa sur ses pieds, puis monta lentement. Que lui avait-il fait cette fois ? L'avait-il de nouveau blessée à une patte ? Lui avait-il découpé un bout d'oreille ?

Une fois en haut des marches, elle regarda sous le piano, sous chaque chaise de la pièce, puis, attirée par une ombre devant la vitre, elle leva les yeux vers la fenêtre.

— Ella ! Non ! Ella !!

La petite chatte se balançait au bout d'une corde attachée à une pointe plantée dans le plafond mansardé. Ivy se précipita, arracha la corde et souleva Ella, mais son corps était inerte. Sa tête retomba, les os du cou brisés. Le visage pressé contre son cadavre encore doux, encore chaud, Ivy se mit à hurler, à hurler à en perdre la voix, tandis que ses doigts la caressaient, comme si elle était seulement endormie.

— Ella, gémit-elle, avant de se remettre à crier : Il l'a tuée ! Il l'a tuée !

— Ivy ? Que se passe-t-il ? lança sa mère depuis sa chambre.

Ivy tâcha de se dominer. Elle tremblait de tout son corps. Elle serrait Ella contre elle, frottait son visage contre son pelage doux. Elle ne supportait pas l'idée de se séparer d'elle.

— Il l'a tuée ! Il l'a tuée ! répétait-elle.

Sa mère montait l'escalier.

— Gregory l'a tuée, maman !

— Ivy, calme-toi. Qu'est-ce que tu dis ? demanda Maggie en entrant dans la pièce.

— Il a tué Ella !

Ivy s'empressa de déposer le petit corps mort à ses pieds et s'avança vers sa mère.

— Mais enfin, de quoi parles-tu ? s'alarma Maggie.

Ivy s'effaça.

— Oh ! mon...

Sa mère porta la main à ses lèvres.

— Ivy, mais qu'est-ce que tu as fait ?

— Qu'est-ce que j'ai fait ? Tu crois que c'est moi ? Tu me crois toujours folle, maman ? C'est Gregory, c'est lui, l'auteur de tout ça.

Sa mère la fixait comme si Ivy lui parlait dans une langue inconnue.

— Je vais appeler ta conseillère d'éducation.

— Maman, écoute-moi.

Mais Ivy comprit que sa mère était trop terrifiée par ce qu'elle venait de découvrir, trop terrifiée par sa propre fille et par l'idée de ce qu'elle avait pu faire pour l'écouter et la comprendre. Désorientée, Maggie attrapa au hasard un morceau de papier qui se trouvait sur la banquette du piano, le tourna et le retourna dans ses mains sans même le regarder.

Aussitôt, Ivy le lui arracha, le déplia et lut : « Je peux faire mal à ceux que tu aimes. »

Elle jeta le papier à sa mère.

— Regarde ! Tu ne comprends donc pas ? C'est à moi que Gregory en veut ! Il a tué Ella pour m'atteindre, moi !

Les yeux écarquillés, Maggie recula devant sa fille.

— Mais Gregory est sorti avec Philip, bredouilla-t-elle, et...

— Avec Philip ?! Où ?

— Je vais appeler Mme Bryce, elle saura quoi faire.

— Où ? répéta Ivy en secouant sa mère par les épaules. Dis-moi où il a emmené Philip !

Sa mère se dégagea et alla se réfugier dans un coin.

— Tu n'as aucune raison de te mettre dans cet état, Ivy.

— Il va lui faire du mal !

— Gregory adore Philip, argumenta Maggie tout en se déplaçant imperceptiblement vers l'escalier, le dos collé au mur. Ils ont beaucoup joué ensemble ces derniers temps, tu n'as pas remarqué ?

— Si ! aboya Ivy.

— Il avait promis à Philip qu'ils iraient chercher de vieux crampons de rail, poursuivit Maggie, et il a tenu sa promesse, malgré la pluie. Gregory s'occupe bien de Philip. Andrew ne voulait pas que je le fasse, mais c'est pour ça que je lui ai dit hier que... Philip et lui seraient bientôt frères.

— Oh, non ! s'écria Ivy en prenant appui sur le meuble de la chaîne stéréo.

« Je peux faire mal à ceux que tu aimes. » Ivy entendit les mots aussi clairement que si Gregory s'était tenu à côté d'elle et les lui avait chuchotés à l'oreille.

— Est-ce que tu sais où ils sont partis ? demanda-t-elle de nouveau à sa mère.

Maggie descendait déjà l'escalier, lentement, à reculons.

— Près de la rivière, répondit-elle. Gregory a mentionné qu'il y avait beaucoup de ces crampons sur l'ancien pont de chemin de fer et qu'il irait les chercher pour Philip.

Maggie mit le pied sur la dernière marche, l'air soulagé.

— Descends, Ivy, reprit-elle. Laisse Ella. Je vais appeler ta conseillère. Descends.

Dès qu'Ivy s'avança, Maggie s'enfuit. Ivy attendit de l'entendre parler au téléphone avec Mme Bryce, puis elle s'élança vers l'escalier de service en passant par la salle de bains et la chambre de Philip.

— Tristan, où es-tu ? s'écria-t-elle en courant vers sa voiture. Où es-tu ?

Elle mit le contact et accéléra si brutalement que les roues patinèrent. Elle dévala la côte à fond de train tout en ouvrant et en claquant sa portière, qui vibrait. Quelle que soit la vitesse à laquelle elle conduirait, quels que soient les risques qu'elle prendrait sur l'asphalte mouillé, elle avait le sentiment qu'elle n'arriverait jamais à temps.

« Anges, pria-t-elle, les larmes roulant sur ses joues, ne le laissez pas faire… ne le laissez pas faire. »

Chapitre 17

Dès qu'il arriva sur la crête, Tristan se douta qu'Ivy n'était pas là. Il ne voyait pas sa voiture. Maggie se tenait au bord de l'allée, l'air affolé, un téléphone sans fil plaqué sur l'oreille.

— Je me moque de savoir si son rendez-vous est important ou non, je dois lui parler, disait-elle.

Qu'était-il arrivé ? se demanda Tristan. Où Ivy pouvait-elle être allée ? Il était encore groggy, comme une personne ayant dormi trop longtemps, d'un sommeil trop lourd. Lorsque les ténèbres l'avaient englouti, il avait eu l'impression cette fois qu'une force plus grande et plus puissante que jamais l'avait forcé à basculer dans le trou noir sans rêves.

— C'est urgent ! hurla Maggie.

« Dites-moi, Maggie, dites-moi ce qui s'est passé », pensa Tristan.

— Andrew, oh, Andrew ! soupira Maggie en fermant les yeux de soulagement. C'est Ivy, elle est devenue folle. Elle s'est enfuie.

« Enfuie ? Où ? »

— Je ne sais pas ce qui lui a pris. Elle est montée dans sa chambre et puis, tout à coup, je l'ai entendue hurler. Je l'ai retrouvée dans son salon de musique. Elle… elle a tué Ella.

« Quoi ? »

— Je te dis qu'elle a tué Ella… Oui, j'en suis sûre.

« Gregory », songea Tristan.

— Je n'en sais rien, gémit Maggie. Je lui ai juste annoncé que Gregory avait emmené Philip sur le vieux pont pour y chercher des crampons.

Tristan comprit soudain. Il se souvint que, juste avant sa disparition dans le néant, Gregory avait rasé le flanc d'Ella. Tristan avait alors pensé que Gregory cherchait seulement à faire peur à Ivy, mais, visiblement, c'était un avertissement. Gregory frappait de plus en plus près.

— J'ai cru que j'étais parvenue à la calmer, Andrew, poursuivit Maggie. Je l'ai rassurée sur le fait que Gregory s'occupait très bien de Philip. Je pensais lui avoir dit ce qu'il fallait. Mais, pendant que j'appelais sa conseillère d'éducation, elle s'est enfuie. Elle a démarré sa voiture comme une folle. Qu'est-ce que je dois faire ?

Tristan n'attendit pas d'en savoir davantage. Il s'élança aussitôt sur la route à la poursuite d'Ivy. Il était complètement éveillé maintenant et se sentait plus fort qu'avant. Il réfléchit vite. Gregory prévoyait-il de tuer Philip ? Était-il assez malade pour penser qu'il pourrait assassiner une personne après l'autre impunément ?

« Il est fou à lier », se dit Tristan. Et si c'était un piège ?

Un stratagème pour attirer Ivy sur les ponts de chemin de fer ?

Tristan la rattrapa sur la route sinueuse qui longeait la rivière. Il s'installa sur le siège passager, mais Ivy était si absorbée qu'elle ne remarqua pas sa lumière dorée. Soudain, la voiture passa sur un nid-de-poule et la secousse sortit Ivy de sa concentration.

« Nid-de-poule. Il y en aura d'autres. Fais attention. Je dois réussir à aller jusqu'aux ponts. Trouver Philip... »

Tristan continua à énumérer des pensées jusqu'à ce que l'une d'elles corresponde à celle d'Ivy. Alors, il se glissa en elle.

— C'est moi.

— Tristan ! Mais où étais-tu ?

— Dans les ténèbres, répondit-il sans plus de détails. Ivy, ralentis. Écoute, c'est peut-être un piège.

— C'est ce que tu m'avais dit pour Eric, lui rappela-t-elle en accélérant. Si j'étais arrivée plus tôt, il est possible que...

— Ce n'est pas le cas, et tu le sais, l'interrompit Tristan. Tu n'aurais pas pu le sauver.

— Mais je sauverai mon frère, lui rétorqua-t-elle. Gregory ne me volera plus personne, plus jamais.

— Comment vas-tu protéger Philip ? Avec un fusil ? Un couteau ? Qu'est-ce que tu as sur toi ?

Tristan sentit le doute se propager dans l'esprit d'Ivy et une vague de terreur lui glacer les veines.

— Fais demi-tour et va prévenir la police, l'enjoignit-il.

— Je suis déjà allée chez ces idiots ! hurla-t-elle.

— Alors, essaie Will. Allons le chercher.

— On ne peut pas lui faire confiance, s'empressa-t-elle de répondre. C'est toi-même qui me l'as affirmé.

— J'étais jaloux, Ivy, et sa façon de nous cacher certaines choses m'a mis en colère. Mais on a besoin de lui maintenant. En plus, il ferait tout pour toi.

Ivy se rétracta. Elle lui cachait quelque chose.

— Quoi ? Qu'est-ce qu'il y a ? lui demanda Tristan.

Ivy secoua la tête sans parler.

— Il peut nous aider, insista Tristan.

— Je n'ai pas besoin de lui. Tu es là pour moi, Tristan, du moins, je le pensais.

— Bien sûr que je suis là pour toi, mais je ne peux pas arrêter les coups de feu.

— Et Gregory ne peut pas prendre le risque de tirer, répliqua Ivy avec assurance. C'est son problème depuis le début. Il faut qu'il s'y prenne autrement, qu'il biaise. Il y a eu trop de morts. Trop de personnes proches de lui. Il ne pourra jamais expliquer un meurtre dont le mobile serait trop évident.

Elle était si déterminée qu'insister serait peine perdue. Elle avait pris sa décision.

— Je reviens, lança Tristan.

— Tristan ? s'écria Ivy à voix haute.

Il était déjà loin. Il atteignit la clairière presque instantanément. Le temps avait empiré et la bruine s'était transformée en une pluie froide et cinglante qui fouettait les deux berges de la rivière. De la brume s'élevait de l'eau qui courait comme un torrent sous les ponts parallèles et les enveloppait entièrement. Pourtant, Tristan les voyait clairement. Gregory et Philip n'étaient pas là. C'est alors que Tristan entendit des voix en amont. Elles semblaient se diriger vers le nord, dans la direction opposée à l'endroit où Eric était mort, là où le chemin n'était plus praticable. Tel un aigle, Tristan cibla exactement la position de Gregory et de Philip et fondit sur eux. Quelque chose avait changé en lui depuis son retour des ténèbres. Il se surprenait lui-même.

Gregory se tenait avec Philip devant une minuscule cabane en bois délabrée et dissimulée par des buissons et des plantes grimpantes. Il en poussa la porte et Philip y entra sans hésiter.

— On va faire comme les vrais chasseurs, dit Gregory à Philip. Je vais aller chercher du bois. Je réussirai bien à trouver quelques morceaux secs.

Tristan écouta attentivement ses paroles pour essayer de décrypter ses intentions. Mettrait-il le feu à la cabane après y avoir enfermé Philip ? Non, Ivy avait raison : ce serait trop flagrant, or Gregory devait se montrer prudent maintenant. En outre, Maggie savait qu'il avait emmené Philip avec lui.

Ce dernier posa les crampons en fer par terre.

— Je veux venir t'aider, décida-t-il.

— Non, s'opposa Gregory. Il vaut mieux que tu restes pour surveiller notre trésor. C'est moi qui vais chercher le bois. Je serai de retour dans quelques minutes.

— Attends ! lança Philip. Je peux protéger le trésor en disant une formule magique. Comme ça, personne ne s'en approchera et…

— J'ai dit non, le coupa Gregory.

— Mais je veux aider.

— Alors, donne-moi ta veste, reprit Gregory un peu trop vite.

Philip fronça les sourcils.

— Allez, donne ! lui ordonna Gregory, incapable de maîtriser plus longtemps son impatience.

L'expression de Philip se durcit, comme chaque fois qu'il s'obstinait à vouloir faire quelque chose. La mâchoire serrée, il plissa les yeux avec méfiance.

— C'est juste pour porter le bois, lui expliqua Gregory d'un ton plus aimable. Ensuite, on construira un joli feu pour se réchauffer et se sécher.

À contrecœur, Philip ôta sa veste rouge. Mais alors, il écarquilla les yeux. Tristan comprit qu'il avait remarqué sa présence.

— Quoi ? Qu'est-ce que tu regardes ? lui demanda Gregory en pivotant sur ses talons.

Tristan s'écarta rapidement. Heureusement, Philip comprit le message et répondit :

— Rien.

Un long silence s'installa, puis Gregory vint passer la tête à la porte pour jeter un coup d'œil à l'extérieur, sans remarquer le halo de Tristan.

— J'ai cru voir une grosse araignée, reprit Philip.

— Les araignées ne font de mal à personne, lui rétorqua Gregory.

— Les tarentules, si.

— D'accord, d'accord, grommela Gregory d'une voix irritée. Mais il n'y a pas de tarentules ici. Surveille le trésor, je reviens tout de suite.

À peine sorti de la cabane, Gregory ferma la porte, puis scruta les buissons et les arbres alentour. Rassuré sur le fait qu'il n'y avait personne, il sortit un cadenas de sa poche et le passa dans le loquet rouillé. Il enfermait Philip.

« Lacey, Lacey ! Il me faut de l'aide. Philip a besoin de toi ! » appela Tristan en traversant le mur de la cabane.

Philip l'accueillit avec un grand sourire et lui demanda aussitôt :

— Pourquoi est-ce que tu es là ? Et pourquoi tu t'es caché ?

Tristan resta immobile. Il attendit que Philip s'approche de lui, puis il se dirigea vers la porte. Comme il l'espérait, Philip le suivit. Tristan posa alors la main sur la poignée, pour que Philip la voie briller. Immédiatement, le frère d'Ivy l'attrapa et tenta de l'abaisser.

— Je n'arrive pas à ouvrir, constata-t-il.

Tristan se servit de cette pensée pour se glisser en lui.

— C'est normal, Philip. Gregory a posé un cadenas de l'autre côté.

Ne voulant pas croire Tristan, Philip fit un nouvel essai. Il s'acharna sur la poignée, l'agita de tous côtés.

— Arrête ! lui dit Tristan. C'est fermé à clé. Calme-toi et écoute-moi.

Mais le frère d'Ivy s'était mis à marteler la porte de ses poings.

— Philip...

Puis il décocha des coups de pied, jusqu'à ce que, de plus en plus désespéré, il se jette de tout son poids contre le battant, encore et encore.

— Ça suffit ! Ça ne marchera pas et tu dois préserver tes forces, on ne sait jamais.

— Pourquoi ? lança Philip, le souffle court, la bouche ouverte, jetant des regards anxieux autour de lui. Pourquoi m'a-t-il enfermé ?

— Je ne le sais pas vraiment, répondit Tristan avec honnêteté. Mais voilà ce que je veux que tu fasses. Je vais devoir m'absenter un moment, Philip. Si Gregory revient avant moi et te laisse sortir, échappe-toi vers la route. Cours aussi vite que tu peux et débrouille-toi pour arrêter le premier conducteur qui passe. Ne remonte pas en voiture avec Gregory, tu as compris ? Ne le suis plus nulle part.

— J'ai peur, Tristan.

— Tu n'as rien à craindre, le rassura Tristan, heureux que Philip n'ait pas les capacités de lire dans ses pensées. J'ai demandé à Lacey de venir te rejoindre.

« J'ai demandé à Lacey de venir te rejoindre », répéta une voix moqueuse. Heureusement pour toi qu'elle n'avait pas mieux à faire ailleurs.

Le visage de Philip s'illumina. Il venait de reconnaître le halo mauve de Lacey.

— Dans quel autre guêpier est-ce que vous vous êtes fourrés, tous les deux ? demanda Lacey.

Tristan ignora sa question.

— Je dois partir, dit-il simplement. Philip, tout ira bien maintenant.

Il se glissa hors de lui.

« Pas si vite, lança Lacey mentalement afin que Philip ne l'entende pas. Qu'est-ce qui se passe ? »

« Je n'en suis pas sûr, répondit Tristan à la hâte tout en s'apprêtant à traverser le mur. Je crois que c'est un piège. Il faut que je trouve Will. Ivy a besoin d'aide. »

« Quoi de neuf ? » lui rétorqua Lacey.

Mais Tristan était déjà loin.

Chapitre 18

Les deux mains agrippées au volant de sa voiture, le buste penché en avant pour mieux voir, Ivy approchait des deux ponts. Elle alluma ses phares, mais la brume les absorba comme des spectres. La pluie et les premières feuilles de l'automne rendaient la chaussée glissante. Dans un virage, les pneus perdirent le contact avec l'asphalte. La voiture chassa à l'arrière et partit en dérapant vers la voie opposée. Sans se démonter, Ivy redressa son véhicule.

La rivière, les bois et la route couraient sur des kilomètres. S'il s'avérait que Philip et Gregory n'étaient pas sur les ponts, Ivy ne serait pas à même de les chercher seule. Elle voulait rappeler Tristan, mais il ne reviendrait pas, il ne l'avait pas comprise. Le temps empirait, et il était trop tard pour alerter la police.

Tristan avait raison, bien sûr. À moins d'utiliser la pointe rouillée qui cliquetait au fond du vide-poche, Ivy était sans défense. En revanche, elle pourrait menacer : elle avait déposé les documents de Caroline au commissariat. Si Gregory s'en prenait malgré tout à Philip, il lui faudrait donner beaucoup plus d'explications qu'il n'avait eu à le faire jusqu'alors.

Soudain, Ivy donna un violent coup de frein et braqua le volant. Elle avait failli manquer l'entrée du chemin qui conduisait jusqu'à la clairière. Maintenant, ses phares dessinaient un arc de lumière sur les arbres. Le cœur d'Ivy s'arrêta : juste devant elle se trouvait la voiture de Gregory. Elle estima qu'ils ne pouvaient pas être allés bien loin à pied.

Elle fit demi-tour et se gara face à la route, laissant la portière avant ouverte, cette fois pour une bonne raison : si Gregory décidait de les poursuivre, elle pousserait Philip sur le siège, sauterait après lui et verrouillerait tout. Ensuite, elle se hâta de trouver une pierre. Elle alla jusqu'à la voiture de Gregory, s'accroupit devant le pneu arrière et y enfonça la pointe, utilisant la pierre comme marteau.

Puis elle courut vers la forêt et grimpa sur le remblai de la voie ferrée. De chaque côté, le feuillage lourd de pluie des arbres bouchait la vue comme un tunnel. Ivy s'élança sur les rails. Bientôt, le tunnel vert s'ouvrit sur les deux ponts parallèles qui semblaient suspendus en plein ciel.

La brume dissimulait leurs longs piliers et seul le bruit de l'eau tumultueuse en contrebas rappelait que la rivière y roulait ses flots. Les travées apparaissaient et disparaissaient au gré des panaches de brume qui s'accrochaient à leur squelette tels des foulards vaporeux, avant de s'éloigner en ondulant. Entre la pluie et la brume, il était impossible de voir où le vieux pont effondré s'arrêtait.

Le mauvais temps jouait en faveur de Gregory, songea Ivy. Il lui suffirait d'attirer Philip sur la voie, puis de le pousser dans le vide. Que serait un énième « accident » pour son esprit fou ?

Ivy se concentra sur les rails désaffectés. Gregory avait dit à Maggie qu'il irait ramasser des crampons pour Philip à cet endroit. Elle plissa les yeux jusqu'à ce qu'ils la piquent, mais, ne voyant rien, tourna son regard vers le nouveau pont. Une volute de brume s'y levait en tourbillon. Un point rouge apparut brièvement, avant de disparaître derrière un ruban de nuage blanc, puis de resurgir – rouge, rouge vif, comme la veste de Philip.

— Philip ! Philip ! Reste où tu es ! hurla Ivy en s'élançant sur le pont, de peur que son frère ne trébuche et ne tombe en courant vers elle.

La veste était posée sur le rail. Où Philip pouvait-il se trouver ? Le découragement s'abattit sur Ivy. Elle craignait le pire, mais il lui fallait trouver des indices, quels qu'ils soient, qui lui donneraient des informations sur le sort de son frère.

Après tout, la veste était trempée par la pluie et salie par la boue aux poignets, mais on n'y voyait aucun accroc, aucun signe de lutte. L'espoir était donc permis. Vraiment ? se ravisa Ivy. Pourquoi se seraient-ils battus ? Gregory avait très bien pu demander à Philip d'ôter sa veste pour jouer, avant de le pousser. Ivy ramassa le vêtement et le pressa contre elle comme elle l'avait fait avec le corps inerte d'Ella.

— Tu as trouvé quelque chose d'intéressant ?

Ivy pivota si vite sur ses talons qu'elle perdit presque l'équilibre.

— Salut, Ivy, dit Gregory.

Dans la brume, il ressemblait à une ombre grise, un ange maléfique flottant sur un pont à trois mètres d'elle.

— Tu cherches des crampons ?

— Je cherche mon frère

— Il n'est pas là.

— Qu'est-ce que tu lui as fait ?

Un rictus aux lèvres, Gregory avança de plusieurs pas dans sa direction. Ivy recula d'autant, la veste toujours serrée contre elle.

— Froussards, froussards, froussards... fredonna Gregory. Où sont les froussards ? Froussards, froussards...

Ivy lança un regard furtif derrière elle, prête à voir un train apparaître, tel le serpent qui venait l'engloutir dans le cauchemar de Philip.

— Qu'est-ce que tu lui as fait ? répéta-t-elle d'une voix sourde, s'efforçant de maîtriser la peur panique qui montait en elle.

Gregory rit doucement.

— Froussards, froussards, froussards... fredonna-t-il à nouveau, mais en faisant marche arrière cette fois.

La colère l'emportant sur la frayeur, Ivy avança.

— Tu as tué Eric, c'est ça ? gronda-t-elle. Tu redoutais ce qu'il me dirait. Il n'est pas mort d'une overdose.

Gregory continuait de reculer, Ivy de le suivre.

— Tu as tué ton meilleur ami. Et la fille de Ridgefield. Après m'avoir attaquée à la maison, tu l'as étouffée pour brouiller les pistes. Et Caroline... C'est par elle que tout a commencé. Tu as assassiné ta propre mère.

Ivy ne comprenait pas pourquoi Gregory cédait ainsi peu à peu du terrain, mais elle était déterminée à suivre chacun de ses mouvements. C'est alors qu'elle entendit un bruit au loin.

Aussitôt, Gregory se remit à avancer et ce fut au tour d'Ivy de devoir reculer. Ils se mouvaient comme deux danseurs sur un fil.

— Tristan aussi ! hurla Ivy. Tu as tué Tristan !

— Tout ça, à cause de toi, lui dit-il d'une voix aussi veloutée et sinistre que les formes sinueuses de la brume. C'était toi qui devais mourir, pas Tristan. C'était toi qui devais mourir, pas cette fille de Ridgefield...

Le sifflet du train retentit.

Gregory éclata de rire.

— Tu ferais bien de dire tes prières, Ivy. On m'a raconté que Tristan était devenu un ange, par contre, personne n'a vu Eric miroiter. J'espère que tu as été plus sage que lui.

Le sifflet s'éleva une deuxième fois, plus strident, plus proche. Tandis qu'Ivy réfléchissait à une solution de repli, le grondement du train s'éleva entre les arbres.

Gregory, lui, avait recommencé à reculer et Ivy comprit enfin son stratagème. Il voulait la garder sur le pont ! Celle que l'on pensait assez folle pour avoir voulu se suicider une fois aurait réitéré, dirait-on tout simplement.

Qu'à cela ne tienne, elle entraînerait Gregory avec elle.

— Tu te trompes, lui lança-t-elle en reprenant sa marche vers lui. Tout ça, c'est à cause de toi. Tu étais terrifié à l'idée d'être démasqué. Terrifié à l'idée d'être tenu à l'écart. Ton vrai père n'aurait jamais pu te donner l'argent qu'Andrew possède.

Les lèvres de Gregory s'écartèrent légèrement et son regard s'assombrit. Ivy avait fait mouche. Ils n'étaient plus loin du remblai maintenant et Gregory perdait son assurance. Ivy poursuivit son avancée, centimètre par centimètre. S'il trébuchait, ce serait sa chance.

— Tu ne pensais pas que j'étais au courant de toute l'histoire, pas vrai, Gregory ? le harcela-t-elle. Le plus drôle, c'est que le jour où tu as tué ta mère, je ne t'ai pas vu. Il y avait trop de reflets sur la fenêtre. Si tu m'avais laissée tranquille, je n'aurais jamais pensé que c'était toi.

Gregory serra les mâchoires, ferma les poings.

— Vas-y, le défia Ivy. Viens me chercher. Fais-moi tomber. Tu n'auras qu'un meurtre de plus sur le dos.

Elle baissa subrepticement les yeux. Trois mètres encore, trois mètres jusqu'à la base du pont.

— Caroline avait donné une clé à Eric, reprit-elle. Et lui me l'a confiée. J'ai trouvé une enveloppe dans la pendule de la salle à manger…

Deux mètres cinquante.

— … avec des lettres très intéressantes laissées par ta mère…

Deux mètres.

— … accompagnées d'un compte rendu d'examen médical.

Un mètre cinquante.

— J'ai tout remis à la police il y a une heure.

Gregory s'arrêta net, immobile comme une statue. Ivy patienta.

Subitement, il se jeta vers elle.

Tristan arriva chez Will au moment où une voiture s'éloignait de la maison. Grâce à sa vision beaucoup plus aiguë qu'avant, Tristan reconnut le conducteur. Il se demanda pourquoi l'inspecteur qui avait enquêté sur l'agression d'Ivy avait rendu visite à Will.

Ce dernier se tenait seul sur le perron, si préoccupé que Tristan eut peine à pénétrer dans son esprit. Pour attirer son attention, il lui prit un stylo qu'il avait dans la poche ; Will ne s'en rendit pas compte. Tristan tapota alors le crayon sur un pilier en bois, écrivit son propre nom, et le souligna de deux traits, stupéfait par cette force nouvelle qu'il sentait dans ses doigts.

— Tristan ? s'exclama enfin Will.

Tristan en profita pour se glisser en lui et ne perdit pas une seconde.

— Ivy a besoin d'aide. Elle est en route pour les ponts. Elle pense que Gregory a emmené Philip là-bas. Mais c'est un piège.

— Je vais chercher mes clés, répondit Will immédiatement en s'apprêtant à rentrer.

— Non !

Will s'arrêta net, l'air confus.

— Cours ! Cours ! l'enjoignit Tristan.

— Jusqu'aux ponts ? Je n'y arriverai jamais à temps.

— Je vais t'aider. On ira plus vite en évitant la route et la circulation.

Tristan savait à quel point sa proposition semblait folle et, pourtant, quelque chose lui disait qu'elle était sage. Son dernier séjour dans les ténèbres l'avait doté d'une puissance qu'il n'avait jamais ressentie auparavant, de pouvoirs qu'il n'avait encore jamais expérimentés.

— Fais-moi confiance, je t'en prie. Pour Ivy, reprit Tristan en dépit des doutes qu'il avait sur l'honnêteté de Will.

Ce dernier se plia à sa volonté et s'élança. Tous deux

se déplacèrent comme une seule personne. Tristan sentait Will à la fois anxieux et stupéfait. Il s'inquiétait pour Ivy et ne comprenait pas ce qui se passait dans son corps, qu'il ne contrôlait plus. Que percevait-on de l'extérieur ?

— Je ne suis pas sûr qu'on nous voie, le rassura Tristan. Mais je n'en sais pas beaucoup plus que toi.

Ils avaient déjà atteint la route sinueuse le long de la rivière. Entre-temps, un tumulte de voix étranges s'était élevé autour d'eux. Tristan se demanda si elles émanaient de l'esprit de Will. Ce dernier se rebellait-il ? Mais c'était peut-être l'amas comprimé des paroles prononcées par les personnes qu'ils rencontraient en chemin. Après tout, ils se déplaçaient à une vitesse telle que le paysage lui-même semblait écrasé.

Au bout d'un moment cependant, les murmures indistincts s'intensifièrent et se précisèrent – des voix aiguës ou graves, fortes ou faibles, jacassaient, chantaient, menaçaient, en se superposant les unes aux autres.

— Qu'est-ce que c'est ? s'écria Will en se couvrant les oreilles avec les mains. Qu'est-ce que j'entends ?

— Je ne sais pas, lui répondit Tristan.

— Dis-moi ! hurla Will en agitant la tête comme pour se libérer de la clameur. C'est insupportable !

Mais Tristan était aux prises avec une expérience encore plus complexe. Outre le vacarme, des images confuses avaient envahi son cerveau : des animaux affolés tapis derrière des arbres ; des rochers déchiquetés et recouverts de feuilles ; des racines enterrées profondément dans le sol.

Lorsqu'ils atteignirent la clairière, la vision acérée de Tristan perça l'écran mouillé des arbres et discerna les deux silhouettes sur le plus récent des deux ponts. Il redoubla de vitesse, tandis que les voix aiguës se faisaient criardes, et les graves de plus en plus furieuses.

— Des démons, dit Will, tremblant. Ce sont des démons qu'on entend.

***

Dès que Gregory se jeta vers elle, Ivy s'enfuit en courant. Elle n'aurait pas eu assez de place pour l'esquiver ; la voie était trop étroite. Mais à peine s'était-elle retournée qu'elle aperçut au loin le phare du train, tel un petit soleil perçant la brume. Il avançait au centre du tunnel d'arbres et se rapprochait à la vitesse de l'éclair. Elle n'aurait jamais le temps d'atteindre le bout du pont avant qu'il ne s'y engage. Toutefois, elle n'avait pas le choix. Et si elle agitait la veste rouge de Philip ? Le conducteur la verrait peut-être.

Derrière elle, Gregory gagnait peu à peu du terrain. Le sifflet du train retentit de nouveau, et il éclata de rire. Il n'était plus qu'à quelques mètres d'Ivy, il riait et riait, comme s'ils avaient joué à chat dans un parc. Il était fou ! Il se moquait de tout ; il se tuerait avec elle s'il le fallait, pourvu qu'elle meure. Il était si près d'elle maintenant qu'elle percevait ses mouvements à la périphérie de son champ de vision. Dans un geste désespéré, elle jeta la veste de Philip derrière elle. Le vêtement s'envola et alla s'enrouler autour des jambes de Gregory. Il trébucha. Ivy prit le temps de tourner la tête et le vit tomber à genoux.

Elle continua de courir, tandis qu'en face d'elle le train avançait inexorablement. Si elle parvenait à mettre assez de distance entre Gregory et elle, peut-être réussirait-elle à trouver une niche dans laquelle se terrer, un objet auquel s'agripper et se suspendre.

— Anges, aidez-moi ! pria-t-elle. Oh, anges, m'entendez-vous ? Tristan ! Où es-tu ?

— Ivy, ici ! Ivy, Ivy !

Des voix s'étaient élevées tout autour d'elle et appelaient son nom. Ivy ralentit. Sortaient-elles de sa tête ? Était-ce le bruit du vent déformé par son esprit apeuré ? Elle jeta un coup d'œil par-dessus son épaule. Gregory s'était relevé, mais se tenait immobile, l'oreille tendue, le visage luisant de transpiration, ses yeux gris écarquillés.

C'est alors qu'un cri se détacha du tumulte.

— Ivy !

— Will ? s'exclama-t-elle.

Il arrivait sur l'ancien pont. D'abord soulagée, Ivy se sentit alors submergée par une peur sourde.

« C'est une ruse, se dit-elle. Un coup monté par Gregory. »

Celui-ci venait de s'élancer à nouveau et Ivy fut obligée de se remettre à courir.

De son côté, Will progressait le long des rails désaffectés à une vitesse prodigieuse. Il arriva à la hauteur d'Ivy et la dépassa, mais, soudain, s'arrêta net. Le pont effondré n'allait pas plus loin.

— Ivy, par ici ! hurla-t-il. Saute !

Ivy se figea, les yeux rivés sur Will. Un vide de plus de deux mètres les séparait.

La cacophonie des voix autour d'elle était insoutenable. Elles l'appelaient, criaillaient, certaines si haut perchées qu'elles lui donnaient le vertige, d'autres si graves qu'elles la poussaient au désespoir.

— Saute ! répéta Will.

Même s'il parvenait à lui saisir les mains, comment ferait-il pour ne pas tomber dans le vide avec elle ? Il n'y avait pas de garde-fou. Elle les tuerait tous les deux.

— Ivy, saute !

On aurait dit la voix de Tristan.

— Ivy, saute, Ivy, saute, railla Gregory.

Il avait, lui aussi, cessé de courir. En fait, il faisait marche arrière maintenant, lentement, à reculons, son attention focalisée sur le point où le train surgirait d'un instant à l'autre. Il avait le visage cramoisi et un filet de sang coulait de ses narines. Ses yeux jetaient des étincelles, comme ceux d'un génie triomphant, dément.

— Tristan ! lança Ivy.

— Il est là, lui répondit Will. Il va nous aider.

— Où est-il ? hurla Ivy, qui ne voyait pas son halo. Où ?

— Où ? Où ? s'élevèrent les voix moqueuses, tandis que le train apparaissait sur la voie dans un grondement.

— Tristan, où es-tu ?!

— Va la chercher, Will. Va la chercher !

Will obéit à Tristan et s'élança en même temps qu'Ivy. Lorsque leurs mains se touchèrent, un arc doré se forma, les soutint un moment et les déposa sur l'ancien pont. Ils tombèrent en roulant sur les rails, auxquels ils se cramponnèrent pour ne pas basculer au fond du précipice.

À côté, le train avait déjà atteint le milieu du pont. Gregory courait à toutes jambes pour lui échapper. Ivy et Will, qui s'étaient redressés, hurlèrent à se casser la voix. Mais leurs cris se perdirent dans une clameur sinistre, tel un roulement lugubre surgi des profondeurs mêmes de la Terre, là où plus rien ne vit.

Impuissants, Ivy et Will suivirent des yeux le train qui se rapprochait de Gregory. Il ne s'en sortirait pas. Lui aussi allait devoir sauter sur l'autre pont. Le tumulte des voix était infernal. Ivy plaqua ses mains sur ses oreilles, tandis que Will la serrait contre lui. Il tenta de lui tourner la tête, mais elle s'obstina à regarder.

Gregory s'élança vers le ciel, les bras tendus devant lui. L'espace d'un instant, on aurait dit un ange. Puis son corps suspendit sa course, avant de plonger dans la brume en contrebas.

Sans jamais avoir ralenti, le train fila. Ivy pressa son visage contre celui de Will. Agrippés l'un à l'autre, respirant à peine, ils tendirent l'oreille, tandis que le tumulte des voix s'atténuait, pour n'être bientôt plus qu'un murmure, avant de disparaître.

— Froussards, froussards, froussards… chantonna une voix triste. Où sont les froussards ? Froussards, froussards…

Le silence tomba.

Chapitre 19

— On a une boîte de mouchoirs en papier, et un grand moule de brownie, dit Suzanne. Servez vous, les filles.

— Pourquoi est-ce que tu mets les mouchoirs de notre côté et le brownie du tien ? demanda Ivy.

En ce samedi soir, Suzanne et Beth avaient rendu visite à leur amie. Toutes trois étaient allongées par terre au centre de sa chambre.

Beth tira rapidement le moule vers son sac de couchage.

— Ne t'inquiète pas, lança-t-elle à Ivy, c'est moi qui ai le couteau.

— Mais Suzanne a ses ongles, plaisanta Ivy. Mets le moule entre nous deux.

— Attendez une seconde, protesta Suzanne en faisant la moue. Ça fait quatre jours que je me tiens bien ! Je suis attentionnée, bienveillante, polie...

— Et ça me rend nerveuse, l'interrompit Ivy. L'ancienne Suzanne me manque… et depuis plus de quatre jours, ajouta-t-elle doucement.

Le visage boudeur de Suzanne se plissa et Ivy s'empressa de lui prendre la main.

— Oh, oh ! Mouchoirs à la rescousse ! lança Beth.

Chacune en prit un.

— Ça fait quatre jours que mon mascara part en larmes, se plaignit Suzanne.

— Il n'y a qu'une solution, le brownie, suggéra Ivy en prenant le couteau des mains de Beth et en découpant trois morceaux dans le moule.

Beth fit courir son doigt le long du bord pour ramasser les miettes accumulées avant de prendre sa part.

— Ça faisait des lustres que je n'avais pas dormi avec mes copines, annonça-t-elle avec un grand sourire.

— Et moi pareil, déclara Ivy.

— Est-ce que tu as seulement dormi pendant toutes ces semaines ? lui demanda Suzanne, les yeux toujours remplis de larmes.

Ivy se rapprocha de son amie et lui passa un bras autour des épaules.

— Je te l'ai déjà dit, j'ai très bien dormi cette nuit.

Les nuits précédentes avaient été plus difficiles. Elle s'était réveillée plusieurs fois, en alerte, comme si son corps, sur le qui-vive depuis si longtemps, continuait à vouloir s'assurer que tout allait bien. Toutefois, la peur constante avec laquelle elle avait vécu s'était effacée, et avec elle les cauchemars.

Le mardi, la police était arrivée presque aussitôt sur les lieux du drame. L'inspecteur Donnelly, qui avait pris très au sérieux l'enveloppe laissée par Ivy, avait aussi été alerté par Andrew. Ils avaient retrouvé le corps de Gregory sur les rochers et l'avaient déclaré mort sur le coup. Peu de temps après, ils avaient libéré Philip, toujours enfermé dans la petite cabane.

— Comment va ton frère ? s'enquit Beth.

— Il a l'air bien, fit remarquer Suzanne.

— Philip voit le monde avec les yeux d'un petit garçon de neuf ans, leur répondit Ivy. Il rationalise les événements en les intégrant dans une histoire. Il se rassure de cette façon. Il a décidé que Gregory était un ange maléfique, mais, comme il croit que les bons le protégeront toujours des mauvais, pour l'instant, ça lui suffit.

Néanmoins, Ivy savait qu'un jour ou l'autre son petit frère en viendrait à poser beaucoup de questions sur les raisons pour lesquelles quelqu'un s'était montré si gentil à son égard tout en essayant de lui faire du mal. Ce jour-là, il voudrait connaître tous les détails.

Lorsque Ivy et Andrew avaient quitté le commissariat, les tenants et les aboutissants de l'affaire avaient presque tous été élucidés. L'inspecteur Donnelly en informerait la famille de la jeune fille qui avait été assassinée à Ridgefield, ainsi que les parents d'Eric et de Tristan.

Le soir même, le révérend Carruthers, le père de Tristan, avait rendu visite aux Baines. Il avait passé plusieurs heures avec eux et leur avait assuré qu'il se tiendrait à leur disposition jusqu'à la messe du souvenir qu'il célébrerait lui-même trois jours plus tard. Depuis lors, Andrew et Maggie avaient l'air fragiles et épuisés – hagards, songea Ivy.

— C'est normal, lui fit remarquer Beth comme si elle avait lu dans ses pensées. Ils ont découvert un Gregory qu'ils ne connaissaient pas, et c'est effrayant. Ils commencent juste à comprendre ce que tu as vécu. Il leur faudra du temps pour se remettre de tous ces événements.

— Il nous en faudra à tous, commenta Suzanne en refoulant de nouvelles larmes avant d'attraper le couteau de cuisine. Vous pensez qu'on aura assez de mouchoirs et de brownie d'ici là ?

« Elle a changé », se dit Tristan en observant Lacey le samedi soir. Il venait de la retrouver à l'endroit où il avait fait sa connaissance, allongée sur sa tombe, un genou relevé, l'autre jambe étendue droit devant elle. Ses cheveux en piques aux reflets magenta réfléchissaient doucement la lumière de la lune, sa peau paraissait aussi pâle que le marbre auquel elle était adossée, et son vernis pourpre luisait sur ses ongles longs. Comme à l'accoutumée. Et pourtant, il y avait une différence.

Son visage exprimait une mélancolie et une touche de tristesse que Tristan n'avait jamais remarquées ou, du moins, qu'elle avait toujours bien dissimulées.

— Lacey ? dit-il d'un ton hésitant.

Elle leva les yeux dans sa direction et battit des cils deux fois.

— Quoi de neuf ? lui demanda-t-il en s'asseyant à ses côtés.

Lacey resta muette.

— À quoi pensais-tu ?

Lacey regarda ses mains et, les sourcils froncés, joignit les doigts bout à bout. Lorsqu'elle tourna de nouveau la tête vers Tristan, il eut l'impression qu'elle le transperçait du regard.

Il se sentit mal à l'aise.

— Quelque chose te dérange ?

— Tu es allé sur la tombe de Gregory ?

— J'arrive juste de...

— S'il te plaît, ne me dis pas qu'il fait le tour du cimetière à tire-d'aile, l'interrompit-elle en levant les bras au ciel dans un geste théâtral. Je sais bien que notre grand chef opérateur élit toujours les candidats les moins probables, mais ça serait aller un peu loin tout de même.

Tristan s'esclaffa, heureux de voir qu'elle retrouvait son naturel.

— Rassure-toi, je n'ai pas vu de trace de Gregory, lui dit-il. Tout est calme, autour de sa tombe et sur la crête.

Lacey laissa retomber ses bras.

— Tu es allé voir Ivy, murmura-t-elle.

— Oui, mais je n'ai pas réussi à entrer en contact avec elle, répondit Tristan. Elle ne m'a pas vu, Philip non plus, et je n'ai pas pu pénétrer dans leur cerveau. J'ai besoin de ton aide, Lacey. Je me doute que tu en as assez de m'entendre dire ça, mais c'est important.

Elle lui imposa le silence d'un signe de la main.

— Il faut que je te dise quelque chose, Tristan, déclara-t-elle d'un ton grave.

— Quoi ?

— Je ne te vois pas non plus.

— Pardon ?!

— Je ne perçois que ton halo, lui expliqua Lacey en se mettant debout avec un soupir. Donc, soit j'ai ressuscité... bzzz... fit-elle, imitant sans grande conviction le signal utilisé dans les jeux à la télévision. Soit tu es passé dans la classe supérieure des anges.

— Je n'en ai pas envie ! protesta Tristan. Tout ce que je veux, c'est dire à Ivy...

— « Je t'aime », dit Lacey rapidement. Je t'aime.

— Oui, exactement, confirma Tristan. Et je l'aime tellement que je lui souhaite de trouver l'amour auquel elle était destinée.

Lacey se mit à aller et venir devant lui d'un pas nerveux.

— Qu'est-ce que je peux faire ? insista Tristan.

— J'sais pas, marmonna-t-elle.

Agacé, Tristan voulut lui empoigner le bras. Sa main passa droit au travers.

— Tu m'as dépassée, Tristan, et de loin, reprit Lacey en se frottant à l'endroit où il avait essayé de l'attraper. Je ne comprends même pas ce qui t'arrive. Est-ce que tu as toujours les mêmes pouvoirs ?

— Après mon dernier séjour dans les ténèbres, je me suis rendu compte que j'en avais beaucoup plus qu'avant. J'ai réussi à parler, à matérialiser mes mains. J'ai écrit. J'ai même eu assez de force pour porter Will et Ivy. Et maintenant, je n'arrive plus à faire les choses les plus simples. Tu as une idée de la façon dont je pourrais lui parler ?

— Fais une prière. Demande une autre chance. Mais tu risques d'utiliser le peu de forces qu'il te reste.

— Parce que c'est comme ça que les choses se terminent ? s'exclama Tristan.

— Comment veux-tu que je le sache ? aboya Lacey. Si tu crois que ça me fait plaisir d'admettre que je n'ai pas de réponse… ajouta-t-elle d'une voix plus douce. Le mieux que tu puisses faire, c'est de prier et d'essayer. Si… si ça ne marche pas, je lui transmettrai ton message. Et je veillerai sur elle de temps en temps. Je lui donnerai des conseils angéliques, plaisanta-t-elle.

Tristan ne réagit pas.

— Bon, j'ai compris, reprit Lacey, tu ne veux pas que je donne de conseils à ta poupée. D'accord, je ne le ferai pas !

— S'il te plaît, veille sur elle, finit par déclarer Tristan. Et donne-lui tous les conseils que tu veux. Je te fais confiance.

— Même en amour ? vérifia Lacey.

— Même en amour, accepta-t-il avec un sourire.

— Je n'y connais rien pourtant.

Tristan la regarda d'un air perplexe. Puis il se leva pour l'observer de plus près.

— Quoi ? dit Lacey, sentant sa lumière tout près d'elle. Quoi ? répéta-t-elle en s'écartant.

— Ah, c'est ça ? murmura-t-il, surpris. C'était à ça que tu pensais quand je suis arrivé. Tu es tombée amoureuse ! Ne le nie pas. Les anges ne devraient pas se mentir, pas plus que les amis. Tu aimes quelqu'un, Lacey.

— Mieux vaut mort que jamais, hein ? railla-t-elle. Maintenant que ton vœu est exaucé, tu peux partir.

— C'est qui ? demanda Tristan, curieux.

Lacey resta muette.

— C'est qui ? s'obstina-t-il. Dis-le-moi. Je peux peut-être t'aider. Je sais que tu souffres. Ça se voit. Allez, laisse-moi t'aider.

— Que c'est beau ! s'exclama Lacey en faisant le tour de la tombe. On joue les grands seigneurs maintenant ?

— C'est qui ? répéta Tristan en ignorant sa remarque. Est-ce qu'il sait que tu es là pour lui ?

Lacey éclata de rire, avant de baisser le menton en faisant non de la tête.

— Regarde-moi, lui dit Tristan doucement. Je ne vois pas ton visage.

— Comme ça, on est égaux, répondit-elle à voix basse.

— Si je le pouvais encore, je te prendrais dans mes bras. Je ne veux pas te quitter en te voyant souffrir comme ça.

Lacey grimaça.

— Je crois que tu ne pourras pas me quitter autrement, murmura-t-elle en le regardant avec des yeux intenses, le noir de ses pupilles reflétant sa lumière dorée. À moins que… je ne te quitte en premier, reprit-elle soudain. Bonne idée, Lacey. Pas de soupirs, pas de larmes, décréta-t-elle.

Là-dessus, elle tourna les talons et s'éloigna sur l'allée du cimetière.

— Lacey ? l'appela Tristan.

Elle continua de marcher.

— Lacey ? Où vas-tu ? s'écria Tristan. Hé, Lacey, tu ne vas même pas me dire au revoir ?

Sans se retourner, elle leva le bras et ondula ses doigts mauves comme un drapeau au vent. Puis elle disparut derrière un arbre.

Que ce soit dans la ville, que Tristan traversa en revenant du cimetière, chez ses parents, qu'il passa voir une dernière fois, ou dans la grande maison sur la crête, partout, les fenêtres étaient obscures.

Tristan trouva les trois amies endormies sur le sol de la chambre d'Ivy : Beth, le visage rond et doux baigné de lune ; Suzanne, son épaisse masse de cheveux noirs éparpillée en rubans luisants sur son oreiller ; et Ivy, entre elles deux, enfin en sécurité.

Ce qu'elles ne savaient pas, ou du moins qu'elles avaient

feint de ne pas remarquer, c'est que Philip s'était glissé dans la chambre et dormait maintenant dans les draps de sa sœur, la tête au pied du lit, où il avait pu écouter leurs secrets. Tristan l'effleura de sa lumière dorée.

Seule Ella manquait à ce tableau tranquille, songea Tristan.

Il resta assis là un long moment, à laisser le calme de la chambre l'envahir peu à peu, hésitant à déranger le sommeil d'Ivy pour clore le temps qu'il leur restait à partager. Pourtant, il savait que le moment était venu et, lorsque le ciel commença à pâlir, il pria.

« Accordez-moi un dernier instant avec elle », implora-t-il.

Il s'agenouilla, puis se concentra pour matérialiser un doigt avec lequel il effleura délicatement la joue d'Ivy.

Il sentit la douceur de sa peau, sa chaleur. Ses sensations étaient revenues ! Ivy battit des paupières et ouvrit les yeux. Surprise, elle regarda autour d'elle. Il lui frôla la main.

— Tristan ?

Elle s'assit et il repoussa une mèche de sa chevelure dorée.

Les lèvres d'Ivy s'écartèrent en un large sourire et elle porta la main aux cheveux qu'il venait de déplacer.

— Je pensais ne plus jamais entendre ta voix, dit-elle intérieurement. Je croyais que tu avais disparu pour de bon. Après avoir sauté du pont, j'ai cessé de voir ta lumière. Je ne la distingue même pas maintenant, constata-t-elle, les sourcils froncés, en regardant sa main.

— Je sais. Je ne comprends pas ce qui se passe, Ivy. Je suis seulement sûr d'une chose, c'est que je change. Et que, cette fois, je ne reviendrai pas.

Elle hocha la tête, dans un signe de calme acceptation qui le surprit. Puis il vit ses lèvres trembler. Son corps frissonna, comme si elle allait se mettre à pleurer, mais aucune larme ne perla.

— Je t'aime, Ivy. Je ne cesserai jamais de t'aimer.

Elle se leva et alla s'appuyer à la fenêtre, les yeux tournés vers la nuit qui scintillait doucement. Sa vue se brouilla.

— J'ai prié pour qu'on me donne une dernière chance de te parler, souffla-t-il. Je voulais te redire combien je t'aime, mais aussi te demander de continuer à aimer. Un autre que moi t'était destiné, Ivy. Tu es faite pour lui.

— Non, déclara Ivy en se redressant brusquement.

— Si, mon amour, insista-t-il gentiment mais fermement.

— Non !

— Ivy, promets-moi...

— Je ne te promettrai rien d'autre que de t'aimer pour toujours, sanglota-t-elle.

— Ivy, écoute-moi, la conjura-t-il. Tu sais que je ne peux pas rester plus longtemps.

La douce et scintillante nuit s'était emplie d'un voile de pluie et de nouvelles larmes roulèrent sur les joues d'Ivy. Il devait partir.

— Je t'aime. Je t'aime ! lança-t-il. Mais c'est à lui que tu dois donner ton amour !

Là-dessus, Tristan se glissa hors d'Ivy, toujours debout devant les premières lueurs de l'aube. Il recula de quelques pas tandis qu'elle s'agenouillait, menton et bras posés sur le rebord de la fenêtre. Il recula encore et vit que ses larmes séchaient et que ses yeux se fermaient. Lorsqu'il recula pour la troisième fois, il pensa que le soleil s'était levé derrière lui, faisant éclater la pâle nuit en un millier de fragments argentés.

Il se tourna vivement vers l'est. L'orbe scintillant qu'il y découvrit n'était pas le soleil. Tristan n'aurait su décrire ce qu'il voyait, mais il savait que la lumière lui était destinée, et il se dirigea vers elle sans hésiter.

Chapitre 20

Ivy fut réveillée par un rayon de soleil sur ses yeux. Avant qu'elle ne se souvienne de la visite de Tristan, et que Beth ne lui annonce d'une voix endormie : « J'ai rêvé que Tristan était là cette nuit », Ivy sut qu'il ne reviendrait plus. La lutte intérieure qui l'avait poussée à se raccrocher à ce qu'ils avaient partagé, l'envie brûlante de remonter le temps pour le retrouver et son rêve de vivre dans l'au-delà avec lui avaient disparu. Une paix nouvelle s'était installée en elle.

C'était le dimanche matin et Maggie, Andrew et Philip étaient déjà partis. Les trois amies en profitèrent pour prendre un long petit déjeuner, puis Suzanne et Beth rassemblèrent leurs affaires et Ivy les accompagna jusqu'à leur voiture. Suzanne attendit le tout dernier moment pour poser à Ivy la question que celle-ci attendait depuis la veille au soir.

— J'ai été sage, commença-t-elle. Je n'ai pas prononcé une parole interdite de toute la soirée ni de toute la matinée.

— Tu as mangé deux morceaux de brownie auxquels tu n'avais pas droit, lui rappela Ivy, en remarquant d'un air amusé que Beth, l'index posé en travers de la gorge, faisait des signes désespérés à Suzanne, qui n'avait aucunement l'intention de se laisser réduire au silence.

— Beth m'a dit que si je mentionnais le sujet, poursuivit-elle, elle me farcirait la bouche avec du papier.

Beth leva les bras au ciel.

— Tant pis, je ne peux pas m'empêcher de te le demander : où est-ce que vous en êtes, Will et toi ? Après tout, il t'a sauvé la vie, non ?

— C'est vrai, acquiesça Ivy.

— Alors qu'est-ce que…

— J'ai expliqué à Suzanne que tu avais juste besoin d'un peu de temps pour faire le point, intervint Beth.

Ivy opina.

— Mais il t'adore ! s'exclama Suzanne, exaspérée. Il est fou amoureux de toi, et depuis des mois.

Ivy resta silencieuse.

— Je déteste quand elle fait sa tête de mule, grommela Suzanne en s'adressant à Beth. On dirait son frère.

Ivy s'esclaffa – c'était vrai, Philip et elle avaient en commun cette capacité à l'entêtement ; elle refusa, néanmoins, de prononcer un mot de plus au sujet de Will.

Après le départ de ses amies, elle se dirigea vers les deux arbres dans lesquels se trouvait la cabane de Philip, s'arrêtant au passage devant le petit parterre de chrysanthèmes dorés sous lequel Ella était enterrée. Elle caressa les fleurs de la main et continua son chemin. Beth avait raison, elle aurait besoin de temps.

Le mardi soir précédent, elle avait révélé à la police tous les détails à charge qu'elle connaissait contre Gregory – tous, excepté la tentative de chantage fomentée par Will. Elle savait que c'était une erreur, mais elle avait passé sous silence cette note qu'elle avait trouvée dans la chambre de Gregory.

Ce soir-là, elle s'était persuadée que les enquêteurs étaient déjà au courant pour Will et qu'ils avaient retrouvé le montant de la rançon sur son compte. « C'est pour ça que Donnelly est allé chez lui », se dit-elle tout en grimpant à l'échelle de corde. Toutefois, elle savait au fond d'elle-même qu'elle finirait par être obligée d'en parler à l'inspecteur. La vie et la mort de Caroline prouvaient par trop clairement qu'il était dangereux de garder de grands secrets.

Parvenue dans la cabane, Ivy traversa l'étroite passerelle qui menait vers l'autre arbre. Elle repoussa quelques feuilles tombées là et s'assit sur le sol en bois. Loin au nord, on pouvait voir un bout de la rivière, fragment paisible d'un long ruban bleu. Ivy s'allongea sur le dos et contempla les minuscules taches de ciel, semblables pour l'heure à des étoiles aussi bleues que l'eau, mais qui, bientôt, une fois les arbres dénudés, constitueraient l'unique toit de la cabane. « C'est bien, se dit-elle, les anges ont le même toit sur leur tête. »

« Prenez soin de Will », les pria-t-elle alors. Elle ne pouvait rien de mieux pour lui désormais. Ni lui accorder sa confiance, ni l'aimer, car il l'avait trahie. Mais ses pensées allaient vers lui. « Anges, aidez-le, s'il vous plaît. »

— Il n'y a pas de sonnette dans cette maison ?

Ivy sursauta. C'était la voix de Will. Elle roula rapidement sur le ventre pour l'épier par les fentes à travers les planches.

— Non, répondit-elle.

Il resta silencieux un moment.

— Pas de marteau de porte non plus ?

— Non.

L'esprit d'Ivy s'emballa – à moins que ce ne soit son cœur ? Elle aurait aimé trouver une réplique qui le pousserait à partir. Elle aurait aimé que sa présence ne la fasse pas souffrir.

— Il existe peut-être un mot magique ?

Ivy ne répondit pas. Alors que Will reculait dans l'herbe pour essayer de voir à l'intérieur de la cabane, Ivy redressa la tête et le regarda par-dessus le garde-corps.

— S'il y en a un, Ivy, j'aimerais vraiment que tu me le donnes, parce que je l'attends depuis longtemps et que je ne suis pas loin de renoncer.

Ivy se mordit la lèvre.

— Tu sais, poursuivit Will, quand deux personnes échappent de justesse à la mort, en général, elles ont des choses à échanger. Même si elles ne se connaissaient pas avant, elles ressentent le besoin de se parler. Mais tu ne me dis rien. J'ai essayé de te laisser du temps, de te laisser ton espace. Tout ce que je veux, c'est...

— Merci, l'interrompit Ivy. Merci d'avoir risqué ta vie pour moi et de m'avoir sauvée.

— Ce n'est pas ce que je te demande ! répliqua Will dans un accès de colère. Ta gratitude est la dernière des...

— Eh bien, laisse-moi te dire ce que je veux, hurla Ivy. Que tu sois honnête !

Will la regarda, médusé.

— Quand est-ce que je ne l'ai pas été ? demanda-t-il comme s'il avait totalement oublié l'épisode du chantage. Quand ?

— J'ai trouvé ton mot, Will. Je sais que tu faisais chanter Gregory. Je ne l'ai pas encore avoué à la police, mais ça ne va pas tarder.

— Dis-leur ! lui répondit-il d'une voix de plus en plus brusque. Tu peux y aller, ils sont au courant depuis longtemps. Ils seront même contents de récupérer enfin cette autre pièce à conviction.

Là-dessus, il commença à s'éloigner en grommelant :

— Je ne comprends pas...

Il s'arrêta net.

— Attends, reprit-il en se retournant. Tu crois que... Non, tu ne crois tout de même pas que j'ai fait ça pour gagner de l'argent ?

— En général, c'est dans ce but qu'on fait chanter les gens.

— Tu penses que je t'aurais trahie pour ça ? lui demanda-t-il d'un ton incrédule. Ivy, j'ai monté toute cette mise en scène avec l'aide des Celentano. Ils ont enregistré mon rendez-vous avec Gregory, pour que j'aie une preuve à remettre à la police.

Ivy se redressa brusquement et se glissa vers la passerelle.

— Pendant ton séjour à l'hôpital au mois d'août, Gregory m'a appelé pour me dire que tu avais tenté de te suicider. Je ne l'ai pas cru. Je savais à quel point Tristan te manquait, mais je savais aussi que tu étais une battante. Le matin même, je suis allé à la gare pour étudier les lieux et essayer de comprendre ce qui s'était passé. C'est en repartant que j'ai trouvé la veste et la casquette.

Je les ai prises, mais il m'a fallu des semaines avant d'établir le lien avec l'incident ; et encore, je n'étais même pas sûr de sa nature.

Will allait et venait d'un pas nerveux tout en se baissant pour ramasser des brindilles qu'il brisait entre ses doigts l'une après l'autre.

— À la rentrée, je suis tombé par hasard sur des photos de Tristan dans le journal de l'école. Et là, j'ai compris. Ça ne te ressemblait pas de vouloir te jeter sous un train. Par contre, Eric et Gregory étaient le genre même de personnes qui n'auraient pas hésité à te tendre un piège pour t'attirer sur les rails. Je n'avais pas oublié le soir où Eric nous avait fait monter sur les ponts. Au départ, c'est vers lui que mes soupçons se sont portés, jusqu'à ce qu'il te propose ce fameux rendez-vous.

— Pourquoi est-ce que tu ne me l'as jamais dit ? demanda Ivy. Tu aurais dû me prévenir avant.

— Tu n'as pas été bien plus loquace, lui rappela-t-il.

— J'essayais de te protéger.

— Et qu'est-ce que tu crois que j'essayais de faire ? s'emporta-t-il en jetant les brindilles dans un geste de colère. J'ai supposé qu'Eric était mort parce qu'il s'apprêtait à vendre la mèche. Je ne comprenais toujours pas pourquoi Gregory semblait si déterminé à t'éliminer, mais, s'il avait réussi à assassiner son meilleur ami, il paraissait évident qu'il n'hésiterait pas une seconde à aller jusqu'au bout avec toi, quels que soient les risques. C'est pour ça que j'ai décidé de le distraire, de lui offrir une autre cible, tout en fabriquant une preuve contre lui. Mon stratagème a presque réussi. J'ai donné la cassette à l'inspecteur Donnelly le mardi après-midi, mais Gregory avait déjà tendu son piège.

Ivy s'assit sur le bord de la passerelle, les jambes ballantes au-dessus du vide, et empoigna la corde qui se balançait à côté d'elle.

— Tu as cru que je pourrais te trahir... murmura Will d'une voix incrédule.

— Will, je suis désolée, souffla Ivy, consciente du fait qu'elle l'avait profondément blessé. J'ai eu tort. Je suis vraiment désolée, répéta-t-elle.

Mais Will s'éloignait.

— J'ai fait une erreur, lança-t-elle. Une erreur grossière ! Essaie de comprendre ! J'étais tellement perdue et effrayée. Quand j'ai commencé à te faire confiance, j'ai eu peur de me tromper dans mes sentiments. Ensuite, c'est Tristan que j'ai eu peur de tromper quand je suis tombée amoureuse de toi. Will !

Désespérée, elle s'élança de la passerelle et se laissa glisser le long de la corde. Alors qu'elle arrivait au sol, elle heurta de plein fouet Will, revenu sur ses pas. Tous deux s'en allèrent rouler par terre, avant de s'immobiliser, dans les bras l'un de l'autre.

Ils restèrent là un long moment, sans bouger.

— Belle prise, finit par dire Ivy.

Elle essayait de plaisanter, mais tout son corps tremblait. Elle redoutait qu'il ne se lève et ne disparaisse. Qu'est-ce qui le retiendrait ?

— Tu es tombée amoureuse de moi ? murmura Will.

Ivy plongea son regard dans ses yeux marron si profonds, des yeux qui étincelaient d'une lumière cachée, puis elle vit un sourire se dessiner sur son visage. Il la serra tendrement contre lui et le corps d'Ivy se détendit enfin.

— Je t'aime, Will, déclara-t-elle tendrement.

— Je t'aime, Ivy, lui répondit-il tout en la berçant. Tu sais, heureusement que tu ne m'es pas tombée dessus plus tôt. Si j'avais su à quel point tu étais lourde, je n'aurais jamais pris le risque de te rattraper sur le pont.

— Comment ?

— Sans l'aide des anges, c'est moi qui serais au ciel maintenant.

Ivy se redressa vivement.

— Du calme, du calme, s'esclaffa Will, je plaisantais. Par contre, les anges seront témoins que, cette fois, je dis la vérité.

Sur ces mots, il attira Ivy à lui, et lui donna un long baiser.

« Pour l'éditeur, le principe est d'utiliser des papiers composés de fibres naturelles, renouvelables, recyclables et fabriquées à partir de bois issus de forêts qui adoptent un système d'aménagement durable. En outre, l'éditeur attend de ses fournisseurs depapier qu'ils s'inscrivent dans une démarche de certification environnementale reconnue. »

Composition MCP - Groupe *JOUVE* - 45770 Saran
N° 519381C

Impression réalisée par
CPI BRODARD ET TAUPIN
Dépôt légal : septembre 2010
20.20.1915.6/01 - ISBN : 978-2-01-201915-7
N° d'impression : 58602

Loi n° 49-956 du 16 juillet 1949
sur les publications destinées à la jeunesse.